批校经籍丛编 集部〇一

上海圖書館藏

陶詩彙注

〔清〕吴瞻泰 輯

〔清〕陳本禮 批點

浙江古籍出版社

圖書在版編目（CIP）數據
陶詩彙注 / （清）吴瞻泰輯 ；（清）陳本禮批點.
杭州 ：浙江古籍出版社，2024. 8（2025. 1重印）.
（批校經籍叢編）. -- ISBN 978-7-5540-3058-5
Ⅰ. I222.737.2
中國國家版本館CIP數據核字第2024Y67S95號

批校經籍叢編

陶詩彙注

〔清〕吴瞻泰　輯

〔清〕陳本禮　批點

出版發行　浙江古籍出版社
（杭州市環城北路177號　郵編：310006）
網　　址　http://zjgj.zjcbcm.com
叢書題簽　沈燮元
叢書策劃　祖胤蛟　路　偉
責任編輯　祖胤蛟
文字編輯　曾　拓
封面設計　吴思璐
責任校對　吴穎胤
責任印務　樓浩凱
照　　排　浙江大千時代文化傳媒有限公司
印　　刷　浙江新華印刷技術有限公司
開　　本　889 mm × 1194 mm　1/16
印　　張　20.25
字　　數　150千
版　　次　2024年8月第1版
印　　次　2025年1月第3次印刷
書　　號　ISBN 978-7-5540-3058-5
定　　價　238.00圓

批校經籍叢編序

古籍影印事業久盛不衰，造福於古代文獻研究者至廣至深，電子出版物相輔而行，益令讀者視野拓展，求書便捷。今日讀者泛覽所及，非僅傳世宋元舊槧、明清秘籍多見複製本，即公私各家所藏之稿本、抄本及批校本，亦多經發掘，足備檢閲。昔人所謂『文獻足徵』之理想，似已不難實現。回溯古籍影印之發展軌跡，始於單種善本之複製，進而彙聚衆本以成編，再則拾遺補缺，名目翻新，遂使秘書日出，孤本不孤，善本易得。古人之精神言語至今不絶，國人拜出版界之賜久且厚矣。處此基本古籍多經影印之世，浙省書業同仁穿穴書海，拓展選題，茲將推出『批校經籍叢編』。

昔人讀書治學，開卷勤於筆墨，舉凡經史諸子、訓詁小學、名家詩文，誦讀間批校題識，乃爲常課。後人一編在手，每見丹黄爛然，附麗原書，詁經訂史，本色當行，其批校未竟者，覽者每引爲憾事。古籍流轉日久，諸家批校又多經增損，文本歧出，各具異同，傳本既夥，遂形成『批校本』之版本類型，蔚爲大觀。古籍書目著録中，通常於原有之版本屬性後，加注批校題跋者名氏。今人編纂善本目録，遇包含批校題跋之文本，即視其爲原本以外另一版本。

古書流傳後世，歷經傳抄翻刻，版本既多且雜，脱訛衍誤，所在不免。清人讀書最重校勘，尤於經典文本、傳世要籍，凡經寓目，莫不搜羅衆本，字比句櫛，列其異同，疏其原委，賞奇析疑，羽翼原書。讀書不講版本，固爲昔人所笑，而研究不重校勘，賢者難免，批校本之爲用宏矣。前人已有之批校，除少量成果刊佈外，殘膏賸馥，猶多隱匿於各家所庋批校本中，發微闡幽，有待識者。

批校本爲古今學人心力所萃，夙受藏書家與文獻學者重視。余生雖晚，尚及知近世文獻大家之遺範，其表表者當推顧廷龍、王欣夫諸前輩。兩先生繼志前賢，好古力學，均以求書訪書、校書編書以終其身，其保存與傳播典籍之功，久爲世人熟稔，而溯其治學成果，莫不重視批校本之搜集與整理。顧老先後主持合衆、歷史文獻及上海圖書館，諸館所藏古籍抄稿本及批校本，林林總總，數以千計，珍同球璧，名傳遐邇，至今仍播惠來學，霑溉藝林。欣夫先生亦文獻名家，平生以網羅董理前賢未刊著述爲職志，其藏書即以稿抄本及批校本爲重點，傳抄編校，終身不懈，所著《蛾術軒篋存善本書録》含家藏善本千餘種，泰半皆稿抄、批校本，通行刊本入録者，亦無不同時並載前人批校。先生學問博洽，精於流略，於批校本鑒定尤具卓識，嘗謂前人集注、集釋類專著，多采摭諸家批校而成，如清黄汝成編《日知録集釋》於光大顧亭林學術影響甚鉅，而未采及之《日知録》批校本，猶可爲通行本補苴。先生於批校本之整理實踐，又可以編纂《松崖讀書記》爲例。先生自少即有志輯録清代考據學大家惠棟批校成果，分書分條，隨得隨録，歷時久而用力深，所作『輯例』，雖爲《讀書記》而作，實則金針度人，已曲盡批校本之閫奧，不辭覼縷，摘録於次：

一、是書仿長洲何（焯）《義門讀書記》、桐城姚範《援鶉堂筆記》例，據先生校讀羣書或傳録本，案條輯録。先采列原文，或注或疏，或音義，次空一字録案語。如原文須引數句或一節以上者，則止標首句而繫『云云』二字於下，以省繁重，蓋讀此書者，必取原書對讀，方能明其意旨也。

二、所見先生校讀之書，往往先有先生父半農先生評注，而先生再加校閲者，大概半農先生多用朱筆，先生多用墨筆。然亦有爲例不純、朱墨錯出者。原本尚可據字跡辨認，傳録本則易致混淆，故間有先後不符、彼此歧異者，亦有前見或誤，後加訂正，於此已改而於彼未及者，可見前哲讀書之精進。今既無從分析，祇可兩存之，總之爲惠氏一家之學而已。

三、原書於句讀批抹，具有精意，足以啟發讀者神智。本欲仿歸、方評點《史記》例詳著之，因瑣碎過甚，卷帙太鉅，又傳録本或有祇録校語而未及句讀批抹者，故未能一一詳之也。

四、凡傳録本多出一時學者之手，故詳審與手蹟無異，每種小題下必注據某某録本，以明淵源所自。録者間有校語，則附録於當條下。

五、先生羣經注疏校閲本，其精華多已采入《九經古義》。今所輯者皆隨手箋記，本有未定之説，或非精詣所在，然正可見先正讀書之法。若以『君子不示人以璞』之語爲繩，則非輯是編之旨也。

六、《左傳補注》已有專書，故兹編不列，其《讀説文記》傳抄本最多，其刻入《借月山房叢書》、《小學類編》者，亦出後人綴集，兹以便學者，不煩他求，故仍列入焉。

七、先生所著《更定四聲稿》，其目志傳藝文均不載，僅一見於顧（廣圻）傳録先生所校《廣韻跋》中。前年偶於坊間得朱（邦衡）手抄殘本五册，吉光片羽，亦足珍貴，重爲案韻排比，録附於後，尚冀異日全稿發現，以彌闕憾。

八、先生《文抄》，今所傳貴池劉氏《聚學軒叢書》二卷本，係出新陽趙元益所抄集，其未刻遺文（見於印本或墨蹟者），據所見附輯附後。

九、兹編所輯，僅據所藏所見者隨得隨録，其或知而未見、見而未能借得，及未知、未見者，尚待續輯，望海内藏書家惠然假讀，補所未備，是所禱耳。

十、是編之輯已歷十稔，所據各本除自有外，多假諸同好摯友，如常熟瞿氏（啟甲、熙邦）鐵琴銅劍樓、丁氏（祖蔭）緗素樓、杭縣葉氏（景葵）卷盦、吴興劉氏（承幹）嘉業堂、至德周氏（暹）自莊嚴堪、貴池劉氏（之泗）玉海堂、吴縣潘氏（承謀）彦均室、顧氏則奂過雲樓，及江蘇國學圖書館、上海涵芬樓，皆助我實多，用志姓氏於首，藉謝盛誼。

先生矻矻窮年，成此巨編，遺稿經亂散佚，引人咨嗟。先生輯録方式以外，今日利用古籍普查成果，網羅羣書，慎擇底本，影印『惠氏批校本叢書』，足與輯本方駕齊驅，而先生所記書目，猶可予以擴充。又所記底本有録自『手蹟真本』者，有從『録本』傳抄者，可知名家批校在昔已見重學林，原本、過録本久已並存。如今天下大同，藏書歸公，目録普及，技術亦日新月異，以影印代替輯録，俾原本面貌及批校真蹟一併保存，仿真傳世，其保護典籍之功，信能後來居上。

浙江古籍出版社編輯諸君，於古籍影印既富經驗，又於存世古籍稿抄批校本情有獨鍾，不辭舟車勞頓，目驗原書，比勘覆覈，非僅關注已知之名家批校本，又於前人著録未晰之本，時有意外發現，深感其志可嘉而其事可行。而入選各書，皆爲歷代學人用力至深、批校甚夥之文本，而毛扆、黄丕烈、盧文弨、孫星衍、顧廣圻等人，均爲膾炙人口之校勘學家。出版社復精心製版，各附解題，索隱鉤玄，闡發其藴。此編行世，諒能深獲讀者之歡迎而大有助於古代文獻研究之深入。

本叢書名乃已故沈燮元先生題署，精光炯炯，彌足珍貴。憶昔編輯部祖胤蛟君謁公金陵，公壽界期頤，嗜書如命，海内所共知，承其關愛，慨然賜題，不辭年邁，作書竟數易其紙。所惜歲月如流，書未刊行而公歸道山，忽已期年。瞻對遺墨，追懷杖履，益深感慕焉。

甲辰新正雨水日，古烏傷吴格謹識於滬東小吉浦畔

上海圖書館藏陳本禮批點《陶詩彙注》考述（代序）

劉奕

清初吴瞻泰（一六五七—一七三五）《陶詩彙注》四卷首一卷末一卷，包括正文陶淵明詩注四卷，卷首凡例、南朝梁蕭統《陶淵明傳》、宋吴仁傑《陶靖節先生年譜》、宋王質《年譜》一卷，卷末諸家詩話和吴菘《論陶》一卷，是傳世陶淵明詩集注本中重要的一種。

上海圖書館收藏的此種《陶詩彙注》是康熙初刻，墨色燦然，應是初印，本身品相頗佳。尤可貴者，此書經清代中期名學者陳本禮（一七三九—一八一八）批點。陳氏以五色筆墨抄録前人評語，並加上自己的批點，其蠅頭小楷一絲不苟，彩色絢爛，動人心目。加之後來的收藏者爲了保護有批語的天頭，特意加裝襯紙，形成『金鑲玉』的裝幀，又增色不少。書本身内容好，版本是初版初印，經名學者五色評點，經收藏者裝幀爲『金鑲玉』形式，一書而有此『四美』，不謂之『尤物』不可也。不過，《陶詩彙注》的編撰與特色，此前雖有學者研究，多屬模糊影響之辭；而陳本禮的批點則未經關注和考察，他們各自的情形究竟如何，還需要做一番考述工作。

吴瞻泰與《陶詩彙注》

一、吴瞻泰生平與《陶詩彙注》的編刻

（一）吴瞻泰生平

關於吴瞻泰的生平，此前學者找到的史料包括《（道光）徽州府志》卷十一之四《文苑傳》[一]，《（民國）歙縣志》卷七《人物志・文苑傳》[二]，以及沈德潛（一六七三—一七六九）《國朝詩别裁集》卷二十六吴氏小傳和方苞（一六六八—一七四九）《望溪集》卷七《送吴東巖序》[三]。實則兩種方志都抄録自同一史源，即劉大櫆（一六九八—一七七六）主持修纂的《（乾隆）歙縣志》卷十二《人物志・文苑傳》中的吴瞻泰傳，其文云：

吴瞻泰，字東巖，祭酒苑之長子。事親孝，交友篤。性抗直，不能容人過，而人有善，輒稱揚之不容口。至人有急難，往往引爲己事。至窮老不少變。爲詩文沖夷簡淡，興會所至，覺少壯豪氣猶躍躍欲動，而不假修飾，妙合自然。有古文十卷、古今體詩十卷、《杜詩提要》八卷。大吏舉孝廉方正，辭不拜。〔四〕

沈氏小傳則云：

吴瞻泰，字東巖，江南歙縣人，諸生。東巖爲大司成鱗潭先生長子，少留心經術，思爲世用。入省闈十五，終不遇。乃遨遊齊魯、燕冀，及江漢、吴、楚、閩、越交，詩品日高。然以詩人名，非其志也。所著有《彙注陶詩》《杜詩提要》《删補選注》等書。〔五〕

綜合以上信息，我們可以知道吴瞻泰字東巖，徽州歙縣人，是國子祭酒吴苑（一六三八—一七〇〇）的長子。他十五次參加鄉試，始終未能中舉，曾遊幕南北各地。他的性格直率峻急，而爲人厚道，有用世之志。擅長詩、古文，另有陶詩、杜詩和《文選》的相關著作三種。至於方苞贈序提供的信息，不過使我們知道吴氏與方苞、劉永禎、喬崇修有交往，且曾在康熙五十四年（一七一五）南歸而已。

其實吴氏别有一較詳的傳記，見諸清人李果（一六七九—一七五一）《在亭叢稿》卷七《二吴先生傳》中。雖然這是吴瞻泰、瞻淇兄弟的合傳，單看題目不易發現，但是江慶柏先生在編撰《清代人物生卒年表》時已加以利用，並注明了出處。李果的傳記，的確爲我們提供了更多信息。比如吴氏家族的詳細信息，比如吴瞻泰生卒年的基本信息：『歲乙卯，東巖年七十九，夏四月卒。』〔六〕這個乙卯歲是雍正十三年（一七三五），得年七十九歲，則生於順治十四年（一六五七）。

關於吴氏的科舉經歷，李傳云：

年二十五，補縣學生，江左翕然以能文相目。後遊太學，名動京師。試南北闈，十五連不得售。楚中屠公艾山、中州吕公見素，夙負冰鑒名，東巖仍不遇。撤棘，兩公皆手遺卷，至扼腕，折節定交，出著作請質。〔七〕

所謂『遊太學』，即獲得國子監監生的身份。監生是可以參加直隸順天鄉試的。相比江蘇、安徽兩省生員參加的江南鄉試，順天鄉試的競爭相對没那麽激烈，中舉的可能性要大上許多。可惜，不論南闈還是北闈，吴瞻泰屢戰屢敗。屠沂是康熙五十九年（一七二〇）順天鄉試正考官，吕見素是河南新安人吕履恒，他字元素，李果誤記作『見素』，他曾任康熙五十一年（一七一二）江南鄉試的主考官。李傳中記二人惋惜吴瞻泰的落第，是五十九年這次，還是分别兩次之事，就不太清楚了。

關於吴氏的讀書、治學和詩文創作，李傳也詳細許多：

東巖治六經外，喜莊、列、秦、漢、韓、蘇文……彙註陶詩，成《杜詩提要》十四卷，刻之江都。《删補文選詩註》二十三卷，矯昭明門分彙别之例，按時代相從，正六臣之誤，藏於家。其文堅蒼，有磊落之致。詩亦如其文……東巖六十餘歸故里雲門谿，其王父栖隱處也。所吟詠皆稱『雲門谿樵』，合之文，得二十卷。〔八〕

取此傳與《（乾隆）歙縣志·吴瞻泰傳》對照，會發現二者對吴氏詩文的評價可互相印證。李傳稱吴氏詩文『堅蒼』，《縣志》描述爲『沖夷簡淡』，李傳云『有磊落之致』，《縣志》稱『興會所至，覺少壯豪氣猶躍躍欲動』，皆相類似。這種詩文風格與吴氏『抗直』之性較吻合，看來他應該是一個文風與人格比較一致的作者。

除了李果這篇傳記，清人陳儀（一六七〇——一七四二）《陳學士文集》卷四中也有一篇《送吴東巖歸歙州序》，能提供更多信息。這篇贈序開頭説：

元年七月，詔求山林積學之士助修《明史》，俾公卿各舉所知。于是海内耆舊，彈冠相慶。而歙州吴君東巖居京師四年矣，一朝束行幐，謝所知，飄然去歸其鄉。〔九〕

可知吴瞻泰最後歸鄉在雍正元年（一七二三），時已六十七歲。陳序續云：

東巖好網羅散佚，尤留意忠孝高節非常之人，朝聞一事，暮而書之，汲汲若不及。常聞予言明處士李安節之賢，咨嗟企慕，恍然如或遇之，退而爲之傳……嘗讀所論錢幣及西北水利諸篇，識超近代，其事確然可施于今。〔一〇〕

這裏呼應沈德潛的小傳，描述了吴氏用世之志的兩個方面：好表彰氣節，留心經世濟民之術。

以上史料，從文字看，彼此之間似無承襲關係，從内容看，則可彼此印證。

（二）《陶詩彙注》的編刻

吳瞻泰接受陶詩的緣起是『少從先君子授讀』（卷首自序），而他於陶集『三十年未脱手』（卷首自序）的根本原因則在於他對陶淵明其人其詩的認識。『靖節自以先世宰輔，遭世末流，託諷夷齊、荆軻，寄懷綺用，絶非沉冥無意於世者比也』（卷首自序），這是他認識的陶淵明其人。『其詞旨沖澹，彌樸彌旨，真所謂「清水出芙蓉，天然去雕飾」者也』（卷首自序），這是他認識的陶詩。對照吴氏率直的個性、推崇氣節的志趣，以及『妙合自然』的文學，很容易理解他的推崇與共鳴。

吳瞻泰在《陶詩彙注》卷首《凡例》的最末一條自述此書撰作經過：

> 瞻泰少嗜陶，以案頭俗本訛誤，間有考正徵引，箋之紙尾。後得湯東澗、劉坦之、何燕泉、黄維章諸本，漸次加詳。而吾友汪于鼎洪度、王名友棠各有箋注，亦折衷采録。宋中丞商丘先生見而悦之，爲序以行。適秀水朱檢討竹垞先生來廣陵，以疑往質，因出示所弆鈔本詩話，廣所未備。又泰州沈興之默、同邑洪去蕪嘉植、汪文治洋度、程偕柳元愈、余叔綺園菘、弟衛猗瞻淇商榷駁正，裨益良多。門人程夔州崟篤志好古，日夕手録吟諷，亦間抒所見，讐校既清，代付剞劂。

吳瞻泰自述底本是『案頭俗本』。郭紹虞先生已指出，明末以來陶詩之坊間俗刻，多源自萬曆間休陽程氏所刊《陶靖節集》十卷本，『此本大體固同於李公焕本，然有以意率改之處，如《停雲詩序》「罇湛新醪」，李公焕以前諸本皆然，自此本改作「罇酒新湛」，於是楊時偉本、楊鶴本、潘璁本等均從之』〔一一〕。我們看《陶詩彙注》此處文本作『罇湛新醪』，但在『湛』字下有小字注：『一作「酒」。』『醪』字下有小字注：『一作「湛」。』從這些據他本校改底本的文字，可知這個底本應該就是源自李公焕本的休陽程氏刊本一系的本子。吳瞻泰又説自己陸續得到了宋代湯漢（一二〇二—一二七二）《陶靖節先生詩》、元代劉履（一三一七—一三七九）《選詩補注》、明代何孟春（一四七四—一五三六）《陶靖節集》和黄文焕（一五九八—一六六七）《陶詩析義》四家注本，加上友人汪洪度、王棠以及吴氏自己的箋註，並參考了不少師友的意見，最後編撰成書。成書時間，卷首有宋犖作於康熙四十三年甲申（一七〇四）端午日之序，初稿當完成於此前。之後朱彝尊來揚州，又提供了一些詩話資料。查《朱彝尊年譜》，他到揚州在康熙四十四年（一七〇五）秋天〔一二〕，那麽，全書的改定完成不能早於是年秋冬之際。至於刊刻，吳氏作於康熙四十四年春的自序已經提到門人程崟請任刻書之事，刻書應該即始於本年。不過最後刊成付印是本年還是明年，就不得而知了。

需要稍作討論的問題是，吳瞻泰自述得到了湯漢注本，這是實話還是自誇的假話？今藏國家圖書館的湯漢刊注《陶靖節先生詩》，據書中所鈐藏書印，可考知較早的收藏者是明代嘉靖間松江董宜陽和明末秀水項禹揆。只是當時知此本者甚少，坊間無翻刻者，學者一般都是通過李公焕和何孟春注本的轉引而知道湯漢注的。明亡以後，此書不知所蹤，直到乾隆四十六年（一七八一）才重現人間，旋經鮑廷博（一七二八—一八一四）托海昌吳氏重雕行世，不久學者吳騫（一七三三—一八一三）又翻刻收入《拜經樓叢書》，湯漢注本乃得大行於世〔一三〕。吳瞻泰真的看到了湯漢原本嗎？他看到的是傳世的國圖本，還是別一本，抑或只是子虛烏有？

細檢《陶詩彙注》，會得出吳瞻泰並未見過湯漢原本的結論。我們可以通過分析《陶詩彙注》引用『原注』，以及《述酒》詩引湯漢注的情況，得出這一結論。所謂『原注』，即『今於舊本所有者曰原注』（《陶詩彙注·凡例》）。這個舊本原注，應該就是『案頭俗本』上的李公焕注，而不是湯漢本上的注。因爲《陶詩彙注》除了引用『原注』外，有另外引用『湯東澗』（湯漢號）的注，足見這個『原注』不來自湯漢本。問題在於，『原注』有不少就是出自湯漢之手。因爲李公焕本的注有些是編者自己的，有些是直接用的湯漢注，卻没有注明湯氏之名。吳瞻泰彙注諸家時，是很注意原創權的，凡有引用，一定標明注者姓字，包括從他本轉引時，也依然標出原注者。假如吳氏真的擁有湯漢本，他何以不直接標『湯東澗』，而是寫『原注』？難道是偷懶没有核對？這與全書的注釋風格不合。

再來看《述酒》注。《述酒》有詳注，始於湯漢。通過詳細注釋此詩，以發明陶淵明易代之際的忠憤之志，是湯漢本最大的特色。不知爲何，李公焕本雖然讚同湯漢對此詩主旨的解讀，卻將湯注刪削殆盡。而吳瞻泰卻引了幾條『湯東澗』的注，好像説明他見到了湯氏原本。可一經校勘，則發現兩書文字有差異。比如此詩湯漢原書第一條注云：『司馬氏出重黎之後。此言晋室南渡，國雖未末，而勢之分崩久矣。至于今，則典午之氣數遂盡也。素礫，未詳。脩渚，疑指江陵。』吳瞻泰引用時，改『晋室南渡，國雖未末，而勢之分崩久矣』爲『晉室南渡，分崩已久』，改『素礫，未詳。脩渚，疑指江陵』爲『素礫、修渚，疑指江陵』。前一改動可以視爲正常删改，後一改動就與原意相違了。不過後一改動大概不出自吴氏之手，因爲與何孟春注《陶靖節集》中所引用的湯注文字相同。吴氏後面又引了一條湯注：『裕始封豫章郡公。重華，謂恭帝，禪宋。』湯氏原注爲：『義熙元年，裕以匡復功，封豫章郡公。重華，謂恭帝，禪宋也。』再檢何注本，文字依舊相同。

不過，據何孟春《陶靖節集》卷尾跋語『其詩舊有注者，宋則湯伯紀，元則詹若麟輩，而今不見其有傳者』云云[一四]，可知何氏其實也没有見過湯漢本。書裏的湯注，據郭紹虞先生考證，都是轉引自元人吴師道的《吴禮部詩話》[一五]。因此，《述酒》詩及其他詩的湯注，《吴禮部詩話》摘録了多少，何孟春才能引用多少，吴瞻泰也才能同樣引用多少。《詩話》所無者，何注無緣引用，吴瞻泰同樣闕如。比較三種書籍，凡《詩話》與何注引用的湯漢注偶有文字差異時，吴注都與何注相同。總而言之，吴瞻泰書中引用的湯漢注，源頭在《吴禮部詩話》，而直接來源則是何孟春注《陶靖節集》。他所謂得到湯東澗本，不過是大言欺人而已。

二、《陶詩彙注》的特色

吴瞻泰非藏書家和考據家，他並不太措意於收集善本，備列異文，進而做精細校勘的工作；《陶詩彙注》的特色，主要體現在詩歌的注與評上。

（一）注釋

注釋陶淵明詩，傳世以《文選》李善注爲最古。注釋《陶淵明集》，可考知最早者爲宋人韓駒（一〇八〇—一一三五），可惜其本不傳[一六]。傳世有注之本，始於湯漢《陶靖節先生詩》。湯氏對《述酒》詩做了詳細注釋，以發明其中的易代心曲。對其他詩歌，只是偶有簡注。稍後元代李公焕《箋註陶淵明集》，彙集宋代諸家詩話與評論爲多，而於注釋本身，並未增益多少。明代最早注陶之本當屬刊行於正德十三年（一五一八）的何孟春注《陶靖節集》。此集本於李公焕本，增加了不少注釋，大體集中在注釋詞義和抉發出處上，『於陶句真意，少所發明』[一七]。吴瞻泰最欣賞的則是晚明黄文焕的《陶詩析義》。《陶詩彙注》凡例如是說：『陶集舊無詳注，黄本不摭故實，悉抒己意，雖詳，無訓詁氣，爲今之善本。』誠如吴氏所言，黄文焕所長在分析陶詩的章法句法，剖析詩人的心膽懷抱，而非斤斤於訓釋詞句。這種注析，是晚明文學評點風氣下的産物，吴瞻泰於此特有會心，也是因爲他仍然受到晚明風氣的影響。這一點，後文還會詳述。

《陶詩彙注》的注釋，首在一個『彙』字。彙集的注釋，郭紹虞先生已有統計，包括湯漢、李公焕、何孟春、黄文焕、方熊五家陶集注，李善、劉履、張鳳翼三家《文選》注，以及同時師友汪洪度、王棠、程元愈、程崟等人的注釋和意見〔一八〕。郭先生統計漏了的，還有顧炎武。《日知録》卷二十七有《陶淵明詩注》條，討論了《擬古》『聞有田子春』、《飲酒》『遂盡介然分，終死歸田里』、《贈羊長史》『多謝綺與甪，精爽今何如』三條，吴瞻泰采用了前面兩條。今天看來，汪洪度、王棠等人的注與評大都精彩，他們自己的書都不傳，吴瞻泰摘録的注釋便屬於孤本獨傳，頗具文獻價值。

在對諸家注釋作選擇去取之時，吴瞻泰大體依據了四個原則：

其一，不取普通字詞訓詁。比如何孟春注『停雲』之『停』：『停，凝而不散之意。』注『搔首延佇』：『《楚辭》注：延，長也；佇，立貌也。』〔一九〕如此之類，蓋從删削。爲什麽呢？吴瞻泰在《陶詩彙注序》中曾經批評李善注《文選》，是古詩文注釋之『至不善者』，『不惟訓詁俗習，重沓牽復，而雕傷詩旨，改竄經籍，翻使作者命意，半失於述者之明』。可知吴氏不喜歡繁瑣的字詞訓詁，他認爲這種注對讀者理解詩旨有妨礙。這顯然是一種明人習氣的延續。

其二，取能發抉詩句趣味與詩意者。還是因爲晚明評點風氣的影響，吴瞻泰對詩注的去取頗爲重視去庸存趣。如《時運》詩『翼彼新苗』句，何孟春注：『翼，猶披也。』〔二〇〕吴瞻泰不取此說，而引友人王棠注曰：『新苗因風而舞，若羽翼之狀。工於肖物。』〔二一〕顯然，傳統理解中春風披拂新苗這個解釋在吴氏看來過於平庸，他很欣賞春風使新苗舞動如鳥之揮翅這樣有趣的理解。今人注釋此詩多取王棠之說，即來源於此。

其三，取能注明時事，有助讀者知人論世者。如《贈羊長史》，引劉履注曰：『義熙十三年，太尉劉裕伐秦，破長安。秦主姚泓詣建康受誅。時左將軍朱齡石遣長史羊松齡往關中稱賀。』〔二二〕

其四，取能疏通句意者。如《歲暮和張常侍》『驟驥感悲泉』句，引『原注』：『驟驥言白駒之過隙。』又引劉履注：『驟驥謂日駕。悲泉，日入處也。《淮南子》：「日至悲泉，爰息其馬，是謂縣車。」此蓋借以喻乘輿之駕馬也。』〔二三〕

吴瞻泰自己也增補了不少注釋，主要集中在三個方面：人名、地名、典故。此外，對一些專有名詞，如『景風』『凱風』『三季』之類，也做了注釋。注釋人名地名有助於知人論世，體現的是闡發詩旨的意圖。重視典故，有時是注出事典，幫助理解詩句的意思。比如《示周續之祖企謝景夷三郎》『從我潁水濱』句，注引《莊子》：『許由逃箕山，洗耳於潁水。』〔二四〕使讀者明白『潁水』指許由隱居洗耳處，此句是洗卻塵俗，從我隱居之意。更多時候，吴瞻泰注釋的是語典，即遣詞造句的出處，體現的是傳統的文學趣味。如《於王撫軍座送客》『登高餞將歸』句注：『宋玉《九辨》：「登高臨水送將歸。」』〔二五〕總的來説，此前注本對陶詩用典的挖掘留心不够，吴瞻泰是第一個特別用力注釋典故的注家，爲後來民國學者古直《陶靖節詩箋》詳注典故奠定了基礎。

吴瞻泰的注釋，大多可據信，但也偶有膚廓不確者。如《答龐參軍》序：『龐爲衛軍參軍，從江陵使上都，過潯陽見贈。』注：『《漢書·地理志》注：「江陵，故楚郢都。」』〔二六〕注東晋地名，引用《晋書·地理志》或《宋書·州郡志》較好，可説明江陵是彼時荆州治所，使讀者明白這位龐參軍是荆州刺史軍幕的參軍。這裏用《漢書》説明江陵爲楚國舊都，於本詩全無關係，不明其用意。

（二）評釋

《陶詩彙注》很多句下注其實並不屬於注釋，而是和詩末摘録諸家評語及吴瞻泰自己所加按語一樣，屬於詩歌評釋。特別重視評釋作品，這也是晚明的風氣。書中評釋最顯著的特色在相輔相成的兩個方面：

其一，闡釋作品的主旨和詩人的深心。如《飲酒》其三，吴瞻泰按云：『百世當傳者，固窮節也。百年不可顧者，世間名也。百世、百年緊對，正見安身立命莫如固窮，固窮所貴莫如飲酒，原不爲成名也。』〔二七〕《飲酒》其六詩末則引用了湯漢、王棠、汪洪度三家之言闡發詩中深意。

在闡發詩旨時，吴瞻泰特别重視的一點，是關於詩歌是否隱喻易代的辨析。陶淵明生時遭逢晋宋易代，《宋書·陶潛傳》云：『自以曾祖晋世宰輔，恥復屈身後代，自高祖王業漸隆，不復肯仕。所著文章，皆題其年月，義熙以前，則書晋氏年號，自永初以來唯云甲子而已。』〔二八〕此説爲後來傳記相沿，後人都認爲陶淵明有忠晋憤宋之思，並對此大加讚揚。從宋代開始，人們因懷疑《宋書》中『唯云甲子』的説法，轉而回到詩歌本身，開始對陶詩進行隱喻式解讀。湯漢在注釋《陶靖節詩》時，除了詳細闡發了《述酒》詩中的忠憤之旨外，他指出隱喻易代的詩作還包括《停雲》《九日閒居》《贈羊長史》等。後人如元代劉履、明代黄文焕則變本加厲，對越來越多的作品作出這種政治隱喻解讀，其意圖無非是要强化陶淵明忠君的政治品格。

吴瞻泰並不否認陶淵明詩中有忠憤之意，有時他甚至會通過考史之法，從前人都忽視的詩作中解讀出此意。比如《怨詩楚調示龐主簿鄧治中》『黽俛六九年』句下，吴氏按云：『六九年爲五十四歲，正義熙十四年戊午……是歲，劉裕弑帝於東堂。』詩末又加按語説：『此詩作於義熙十四年，憂怨百端説不出，而託言知音之不可得也。』〔二九〕以劉裕弑君爲『憂怨百端』之一怨，其説頗有理。

但更多時候，吴瞻泰卻反對濫用易代之思來解讀陶詩。如《九日閒居》詩中按云：『「空視時運傾」與「寒花徒自榮」皆因無酒而發，正點明「持醪無由」四字也。原注謂指易代之事，失其旨趣。』〔三〇〕這其實是吴氏一以貫之的主張。他在《自序》中説：『後人顧惑於休文《宋書》「甲子」之誤，遂欲句櫛字比，以爲譏切寄奴，抑又泥矣。』在《凡例》中指出黄文焕《陶詩析義》之病爲『唯牽合易代事太多，未免微鑿』。又於《彙注》第一首詩《停雲》之後加按語云：『尊晋黜宋，固淵明一生大節，然爲詩詎必乃爾？如少陵忠君愛國，只《北征》《哀王孫》《七歌》《秋興》等篇正説此意，其餘豈盡貼明皇、貴妃、安禄山耶？《停雲》四章，只思親友同飲不可得，託以起興。正如老杜「騎馬到階除」，待友不至之意。定要説待友來商驅逐安史之事，寧有是理哉？注中穿鑿者，概從汰。』〔三一〕如《凡例》所言，不過度比附歷史，不濫用隱喻解讀方法，是吴瞻泰一貫的態度，他如此解讀陶詩，也如此解讀杜詩。在另一部選注杜詩的著作《杜詩提要》的自序中，吴氏也説：『黄鶴、魯訔之流，不得其法，而但援據《史》《鑑》，曲爲之説。是欲以瀼西草堂、荒邨子月，足當劉昫、宋祁新舊《唐書》，可乎哉？』〔三二〕

他這裏批評的宋人黄鶴、魯訔的注詩法，表面看是一種歷史解讀法，其精神實質卻是經學的，即政治隱喻式的解讀。之所以要採用詩史互證的方法，根本目的還在於要將杜甫的每一首詩都當作某個政治隱喻來解讀。這種方法在明清之際有一個最重要的提倡者，那就是箋註杜詩的錢謙益。也許震於錢氏在彼時的大名和廣泛的影響力，吴瞻泰並没有指名道姓予以攻擊，但要説注釋杜詩的吴瞻泰不知道錢謙益的存在，那是不可能的。無論注陶還是注杜，吴瞻泰的基本態度是首先把詩當作詩來讀，而非當作政治隱喻來讀，這無疑是一種站在文學本位立場上較通達的態度。現代學者中錢鍾書先生也持同一主張，也曾予以反復申説。而錢謙益詩史互證的讀詩法在清人中佔據主流地位，其影響透過陳寅恪先生一直持續到當代。吴瞻泰、錢鍾書爲一方，錢謙益、陳寅恪爲另一方，代表了中國古典詩學的兩種基本解讀方法。從學理而言，後者出於經學，而前者反對經學式的解讀而主張一種更純粹的文學眼光，它們各自的優劣得失，值得我們深思。

其二，如前所述，吴瞻泰解詩時反對經學本位，而持文學本位的立場，因此，他注重抉發詩歌的藝術性，揭示詩歌字句的文學之趣。其中，吴瞻泰最看重的是章法、句法、字法，無論注陶還是注杜，吴氏都以此爲重。《杜詩提要自序》稱讚杜甫詩『提挈、起伏、離合、斷續、奇正、主賓、開闔、詳略、虚實、正反、整亂、波瀾頓挫，皆與史法同』，他撰作《杜詩提要》主要目的就是『特抉剔其章法、句法、字法，使爲學者執要以求，以與史法相證，則有從入之門，而亦可漸窺其堂奥』〔三三〕。這裏透露出吴氏首重文辭波瀾法度的讀詩眼光。這種講求詩文法度的源頭是宋代以來對科舉文章的評點風氣，到了晚明，已經普及到各種文體的評點之中。吴瞻泰雖然是清初人，顯然亦受到這種風氣的影響。他讀陶注陶，所重依然是字句章法。如《時運》詩末，引黄文焕評點曰：『四首始末迴環，首言春，二三言游，終言息廬，此小始末也。前二首爲欣，後二首爲慨，此大始末也。邁邁時運，逝景難留，未欣而慨已先交，但憾殊世，本之我愛其静，抱慨而欣愈中交，此一迴環也。載欣則一觴自得，人不知樂而我獨樂；抱慨則半壺長存，人不知慨而我獨慨，此又一迴環也。序中「欣慨交心」一語，四章隱現布置。』〔三四〕又如卷二《答龐參軍》詩末，吴瞻泰加按語曰：『一結與序中老病相映，故望龐來會也。章法極密。』〔三五〕這是分析章法。如《飲酒》其二『九十行帶索，饑寒況當年』句，吴氏按語云：『二句是翻案法。榮啟期本是有樂無憂，今反其言，九十尚如此饑寒，況少年乎？用一「況」

字，感慨無限，是加倍寫法。』〔三六〕這是分析句法兼字法。不過這裏『況』不是『況且』之義，而是『近於』『同於』之義。這句的意思是，晚年之饑寒與壯年時等同。吴氏犯了古人常見的不明虚詞之意而誤解詩意的錯誤。再如《游斜川》『弱湍馳文魴』句下，引黄氏注：『「弱湍」字奇。湍壯則魚避，至於漸緩而勢弱，魚斯敢於馳矣。』〔三七〕這是分析字法。

强調字句章法，會不會有村塾師習氣？吴瞻泰預想到了這種批評，在《杜詩提要自序》中曾特作自辯：『客有難之者，曰：「法易耳，間師小學之所優，何齒焉？必盡得古今詩人之體勢，抉漢、魏、唐、宋之藩籬，以兼通條貫於其間，而後可成一詩家。而顧斤斤於方寸之末以言詩，何淺之乎視詩也？」嗟乎！執是説以論詩，如造室者去繩墨之曲直、規矩之方圓，尋引之短長，而曰「吾能知體要也」，室不撓則崩。此不唯不知杜，並不知漢、魏、唐、宋諸賢之詩也。』〔三八〕其説有理。

吴瞻泰使用『法』這個概念，一如朱熹之『理』，含有規矩法度不可逾越的意思，易使人生厭。但細讀吴氏採納的諸家評語以及自家的評語，他更多時候是在分析詩人如何構思，如何超越庸常而形成獨特而高明的藝術效果。這些分析多數情況下都是頗有深度而能啟人深思的。同樣受到明末風氣影響，金聖歎評小説、戲曲，也注意於法度變化，而大受後人稱讚。可見是否發源於時文品評不重要，重要的還是評者的眼光如何。

除了對每首詩作評釋，《陶詩彙注》還附録了諸家詩話和吴菘《論陶》共作一卷，收録於卷末。陶集附録諸家論陶語，大概始於南宋蜀刻《陶靖節文集》。陳振孫《直齋書録解題》記其書附録《雜記》一卷，『雜記前賢論靖節語』〔三九〕。傳世李公焕《箋註陶淵明集》，卷首收録諸家詩話，顯然繼承了蜀刻本的做法。吴瞻泰在李公焕基礎上又廣事收集，采録自蕭統至顧炎武諸家論陶之語共七十餘則。張寅彭先生總結説：『所録皆標出處，然並不按時序，大抵前半言其旨趣，中則專談恥事二姓與否，後半多從前後諸家流變論起承傳，體例稱善。』〔四〇〕吴菘是吴瞻泰的叔叔，他的《論陶》主要有兩個主題，一是討論諸詩之旨，辨析前人過於比附忠憤之失，二是分析作品的文學趣味。這兩個問題恰是《陶詩彙注》的兩塊基石，吴瞻泰收録《論陶》的理由便不言自明。

此外，《陶詩彙注》卷首附有吴仁傑、王質所編兩種陶淵明年譜，也是此書的特色。陶淵明集附年譜，可考最早者是南宋蜀刻本，所附爲吴仁傑《年譜》一卷、張縯《年譜辨證》一卷〔四一〕。明代則有萬曆間楊鶴刊《陶靖節先生集》和明末毛氏汲古閣刊《陶靖節集》、彈琴室刊《陶淵明集》等少數刊本附録了吴仁傑的年譜。《陶詩彙注》在吴譜之外，還收入了王質《紹陶録》中的《栗里譜》，這是已知第一種陶淵明年譜，而《陶詩彙注》則是最早收録此譜的陶集。據《彙注・凡例》自述，吴譜是友人汪立名抄録所贈，王譜則得自友人程元愈。

綜合看來，《陶詩彙注》是明清之際風氣激蕩的産物。對同時正在興起的詩史互證、經學闡詩的風尚持反對態度，捍衛一種較純粹的文學立場，强調文學趣味與法度，這是晚明文學風氣的影響。雖不喜歡繁瑣的字詞訓詁，但開始重視對時地人事的考證，注釋時注重詩句典故與疑難字詞，並盡量收集年譜、詩話等相關資料加以附録，使《陶詩彙注》顯現出一種樸實充實的面貌，又不能不説是清初重學風氣的影響。

總之，《陶詩彙注》兼有空靈與樸實兩種風貌，無論注與評，都能超越前人有所發明，又有保存文獻之功績，在古代陶集注本中有其不可抹殺的價值。

陳本禮的批點

一、陳本禮其人

本書卷首目録之後有光緒間黄景洛之題跋：

> 道光戊申六月，先業師陳穆堂先生易簀時，以其尊人素村先生手批此本交爲收藏。三十餘年，屢經兵燹，幸未遺失。今洛亦年衰多病，恐此書仍虞零落，有幸付託，謹特呈懇錢子密家表兄代爲珍藏。密翁古道高風，世所欽仰，名德之後，必有達人。此書得所依歸，謹識數言，爲誌欣幸。光緒十年甲申閏五月，仁和醒原黄景洛謹跋。

此外書中各處鈐有『瓠室』『素邨』『浥露軒陳氏珍藏印』『黄景洛印』『醒原』『餘姚謝氏永耀樓藏書』六種藏書印。綜合以上信息，此書在清代中期之後的遞藏情況灼然可知。可考知的第一位收藏者是陳本禮（一七三九—一八一八），『素邨』

是其字，『瓠室』是其藏書室，『浥露軒』是陳氏刻書齋號。身後，其子陳逢衡（一七八〇—一八五〇）繼承了此書。逢衡臨殁，舉此書授弟子黃景洛。『黃景洛印』『醒原』印皆屬其人。黃氏在光緒十年（一八八四），又將此書轉給時任吏部員外郎的表兄錢應溥（字子密，一八二四—一九〇二）。錢氏之後，書或即轉入鈐上了『餘姚謝氏永耀樓藏書』印的民國銀行家、藏書家謝光甫（？—一九三九）手中。

據黃氏跋『以其尊人素村先生手批此本交爲收藏』云云，以及卷首末頁『素村』題識，確證此書批點者是陳本禮。其子陳逢衡曾在《歲暮雜感》詩中説：『膝下遺經更可憂。』自注云：『先君手校書籍甚多，衡抱中郎之感，不知付託何所。』[四二]可知陳本禮批點之書甚多，《陶詩彙注》不過是其中一種。

陳本禮的傳記見於《（同治）續纂揚州府志》卷十三《文苑傳》和清人平步青（一八三二—一八九六）《霞外攟屑》卷六《瓠室藏書》條。兩種材料，記載陳氏壽數有出入。《府志》謂七十八，平氏謂八十。考陳本禮《急就探奇自序》，文末署款曰：『嘉慶壬申孟冬朔日，邗江耕心野老陳本禮自識於冰壺秋月山房，時年七十有四。』[四三]知嘉慶十七年（一八一二）陳氏七十四歲，則出生於乾隆四年（一七三九）。又陳逢衡《歲暮雜感》詩有自注云：『先君戊寅棄世。』[四四]則去世於嘉慶二十三年（一八一八）。是平步青所記壽八十爲確。關於陳氏字號，《府志》謂『字素村』[四五]，平氏謂『名本禮，字嘉會，號素邨』[四六]。考陳本禮《屈辭精義自序》署款爲『邗江耕心野老素村陳本禮』[四七]，《協律鉤元自序》署款爲『邗江陳本禮素村氏』[四八]，可知在晚年時，陳氏以『素村』爲字，以『耕心野老』爲號。至於是否本字『嘉會』，後改字『素村』，就不得而知了。陳氏居所，據平氏記載，『世居鈔關門外角里莊，即唐道化里，古清平莊也』[四九]。按，『角里』又作『甪里』，其地在今揚州市廣陵區湯汪鄉角里村。

陳本禮以布衣終身，他一生的事業唯在藏書、讀書、著書。他是乾嘉間揚州地區著名的大藏書家。平步青載：『邗江藏書家，乾隆初推玲瓏山館，凡八萬卷，其後惟瓠室陳氏……收藏至十五萬卷。』[五〇]《續纂揚州府志》則稱：『家多藏書，有別業名瓠室，收儲宏富，與玲瓏山館馬氏、石研齋秦氏埒。勤於考訂，丹黃不釋手，或得宋本精槧，尤珍襲藏之。』[五一]小玲瓏山館是揚州鹽商馬曰琯、馬曰璐兄弟的藏書樓。二馬富可敵國而雅好藏書，又廣與文士交遊，所以小玲瓏山館在雍乾之際名播天下。而石研齋則是江都秦黌在告養後所築之藏書樓，藏書二萬餘卷，多珍本秘笈。陳氏藏書多至十五萬卷，在數量上遠過於馬、秦二家。

陳本禮藏書，並非徒然以多取勝。清代另一位著名藏書家張金吾曾説：『竊嘗論之，藏書而不知讀書，猶弗藏也；讀書而不知研精覃思，隨性分所近，成專門絶業，猶弗讀也。』（《愛日精廬藏書志序》）陳本禮藏書的精神顯然與張金吾同，他不僅藏書多，而且讀書精勤；不僅讀書精勤，而且有專門用力之學，即詩歌之學。《府志》説他『丹黄不釋手』，只消翻看《陶詩彙注》天頭和文中的批點，便知絶非虚語。陳氏著述，自己刊刻了《屈辭精義》《漢詩統箋》（原名《漢樂府三歌牋註》）《協律鉤元》《急就探奇》，合稱《瓠室四種》。未刻者有《焦氏易林考正》《揚雄太元靈曜》等。《瓠室四種》，前三種分别箋注《楚辭》、漢樂府和李賀詩，足見陳本禮平生用力，首在詩學。我們看他批點的《陶詩彙注》，便可知他日常讀書所下的工夫。

二、陳本禮的批點

古人讀書，常在書籍上施以批校評點，這種風氣到了清代尤其興盛。清代學者讀書，必動筆墨，或加以圈點，或作眉批。考據學者的批點，以校勘文字爲主；其他學者則更注重對内容的討論，陳本禮即屬於此類。

陳氏批點的《陶詩彙注》可視爲清代詩學專家批點詩歌的典範之本。全書批點五色燦然，繁而不亂。如仔細分辨，可以釐出這些批點的先後次序和不同層次。這些疊加的層次反映的正是陳本禮前後多次閲讀批點此書的情況。

在本書卷首末頁之末，有一段陳氏用黄筆所寫題識：

> 靖節襟懷冲淡，天趣盎然，且經亂世，事事俱從憂患中來，故其詩皆渾厚而豁達，語語俱自肺腑流出，不煩雕琢，自然神味淵永。唐宋以來，評騭雖多，穿鑿不少。余素喜讀陶，因集諸家評注，參以鄙意，爲讀陶善本。嘉慶五年庚申八月望日，素村識。

由此可知，嘉慶五年（一八〇〇），六十二歲的陳本禮産生了一個想法，希望製作一個讀陶詩的善本。他認爲古今評語雖多，但穿鑿者不少，因此他首先需要精選底本，顯然吴瞻泰《陶詩彙注》是他比較滿意的可用作底本的注本。然後，陳本禮要過録經他挑選認可的前人評語，再補充自己的評點，最後形成一部屬於陳氏自己的陶集善本。今天我們讀陳氏過録及所寫批語，可知他解讀陶詩，關注的重心大體同於吴瞻泰，即以辨析本旨和分析藝術特色爲重心。

從批注的痕跡看來，無論過録前人評語還是補充自己的圈點，陳氏都經歷了不斷增益修改完善的過程。我們至少可以從中分析出五個層次，它們反映了陳氏工作的大致順序。

第一層，也就是陳本禮工作的第一步，是用墨、紫、緑、紅四色過録的五家批語。陳氏在卷一首頁第一行中自記云：『何義門、查初白墨筆，卓子任紫筆，陳胤倩緑筆，沈歸愚硃筆。』這是説，他用黑筆抄録了何焯和查慎行的評語，用紫筆抄録了卓爾堪的評語，用緑筆抄録了陳祚明的評語，用紅筆抄録了沈德潛的評語。其中何與查因爲同用墨筆，所以陳氏會寫上『何云』『查云』以示區别。此外，陳氏自述用紫筆過録卓爾堪，但今天看起來呈現的是偏黑的紅色，不知道是否緣於紫色顏料長時間被氧化。因爲在首頁對四色批點做了特别説明，而且每首詩天頭批語，這四色都在他色之前，可以看出，墨、紫、緑、紅四色五家批語是陳本禮最先完成的批語。

何焯（一六六一—一七二二），初字潤千，後字屺瞻，晚號茶仙，學者稱『義門先生』，江南長洲（今蘇州）人。康熙四十二年（一七〇三）會試未第，特賜進士。何氏是康熙朝著名的書法家、學者。他勤於讀書，凡讀之書，皆有批校。何氏批語，經其弟子抄録傳播，在當時學界頗享盛名。身後，蔣維鈞收集十八種何氏批校書籍，在乾隆三十四年（一七六九）刊成《義門讀書記》五十八卷。何焯對陶詩的批語見於其中卷四十七、四十八《文選》詩的兩卷和卷五十陶靖節詩專卷中。

查慎行（一六五〇—一七二七），本名嗣璉，字夏重，後改名慎行，字悔餘，號他山，又號橘洲、查田、石棱居士，晚號初白翁，浙江海寧人。康熙三十二年（一六九三）舉人，四十二年（一七〇三）進士。著有《敬業堂詩集》五十卷，《續集》六卷等。查慎行詩學白居易、蘇軾、陸游，長於白描，後人推爲清初六大家之一。赵翼甚至以爲『功力之深，則香山、放翁後一人而已』〔五二〕。查氏讀詩，多有批校。他去世後，海鹽張載華（一七一八—？）輯録了他在十二種詩集上的評語，編成《初白庵詩評》三卷，於乾隆四十二年（一七七七）付梓。其中上卷第一種即陶淵明詩。

卓爾堪（一六五三—？），字子任，又字鹿墟，號寶香山人，揚州江都人。弱冠從軍，隨李之芳部討伐耿精忠於福建。後乞歸養母，隱居終生。多與明遺民交遊，編成《遺民詩》十六卷。又取曹植、陶淵明、謝靈運三家詩，編成《合刻曹陶謝三家詩》，刻於康熙中。各詩之後，多附評語，陳本禮過録卓氏評語即來自書中《陶靖節集》四卷。

陳祚明（一六二三—一六七四），字胤倩，浙江錢塘（今杭州）人。順治九年（一六五二）以後，長期就館於京師。殁後，其弟子翁嵩年在康熙四十五年（一七〇六）爲其刊行所編選《采菽堂古詩選》正集三十八卷、補遺四卷。乾隆時又經杭世駿重刻。此書於先秦至隋代詩歌之佳者采録無遺，共選四千四百八十七首。《采菽堂古詩選》最精彩之處在於他對詩人的總評和對各詩的點評。學者稱他的詩歌評論『洞幽燭微，具有精闢的識見，往往發人所未發，顛覆與修正了許多傳統的看法』〔五三〕。此書收録了除聯句以外陶淵明全部的詩作，並逐一做了評點。

沈德潛（一六七三—一七六九），字確士，號歸愚，江南長洲（今蘇州）人。乾隆四年（一七三九）進士，因詩歌見賞於乾隆帝，官至禮部侍郎。沈氏爲康乾之際著名的詩人與詩選家，其《古詩源》《唐詩别裁集》《國朝詩别裁集》三種詩選風行當時，至今猶有衆多讀者。其中《古詩源》十四卷，精選先秦至隋代詩歌七百餘首，並附以簡要而精當之評語，自康熙五十八年（一七一九）梓行以來，風行不替。

經比對，陳本禮用四色筆過録的正是以上五種書籍中的陶詩評語，且基本是不加别擇，全部迻録，表現了陳氏對五家評陶的認可。以上五書，何、查、陳、沈四家之書較爲常見，卓氏刻本則相對冷僻，初刻之後，似無重刻、翻刻之本。

第二層，是陳本禮緊隨其後的第二步工作，即用黄筆加上自己的批點，包括了圈點與批注兩個方面。天頭的黄筆批語都緊隨四色筆之後，可見四色筆過録在前，黄筆批點在後。

圈點一如前人，包含句讀和品評兩種。句讀之圈即在詩句和序文的句讀處加圈。品評之圈則又分題上圈和句右圈兩種。每詩題目之上，組詩則在每詩首句之上，分别採用無圈、一圈、兩圈、三圈的方式，來品評詩歌優劣。圈越多，説明陳氏越喜歡。句右圈則是在陳氏欣賞的佳句之右所加之圈。除了圈點，陳本禮也同時用黄筆在天頭和正文之中寫了很多批語。這些批語多數是陳氏自己的意見，也有一部分是過録的前人批語。比如卷三《始作鎮軍參軍經曲阿》天頭所録孫月峰（孫鑛，一五三四—一六一三，字文融，號月峰）語、邵子湘（邵長衡，一六三七—一七〇四，字子湘，號青門山人）語、《述酒》詩天頭所録湯漢語等。

第三層，是重新出現的『紫筆』。在前文引述的嘉慶五年（一八〇〇）中秋黄筆題識之下，陳本禮再次用今天看起來是深紅色的筆寫道：『黄筆閲後，復用紫筆加圈。』我們就遵從陳氏，稱這種顔色的筆跡爲『紫筆』。根據這句話，再次出現的紫筆應該在使用黄筆之後，是陳氏工作的第三步。紫筆的工作一個是句右圈。黄筆的句右圈比較多，而紫筆所圈，有優中選優的意味。紫筆的第二個工作是在卷二《影答形》《神釋》、卷三《飲酒》『長公曾一仕』等詩天頭增補吴瞻泰未采用的黄維章（維章是黄文焕字）批語，以及在卷三《飲酒二十首》總題、小序、其三等處天頭增加了『顧禺中』的批語。禺中，考《（嘉慶）揚州府志》卷四十一《選舉志三》，可知他是康熙中揚州府高郵州的貢生，或許與陳本禮相識，其他暫未考知。陳氏還在卷三《贈羊長史》詩天頭，用白粉塗抹掉部分黄筆批語，改用紫筆重寫。這是紫筆的第三個工作。

除了以上提到的墨、紫、緑、紅、黄五色筆之外，陳批本還出現了藍筆和第二次的墨筆，屬於陳氏批點的第四、第五層。藍筆先於墨筆，因爲有多處，如卷二《游斜川》詩的天頭，用白粉塗抹藍筆舊跡，再用墨筆修正的情況，可以推測用藍筆在前，用墨筆在後。

第四層，即上面提到的藍筆的批點。即如卷二《遊斜川》詩，陳氏用藍筆對詩句加了圈，又做了旁批和天頭批。後面藍筆批點的痕跡一直持續到卷四《輓歌詩》其三的天頭，顯示陳本禮又一次通閲全書，做了批點。只是藍筆的工作發生在何時，是緊隨紫筆之後，還是間隔多年，陳本禮的批語中未有提示，我們也就不得而知了。

第五層，大概是陳本禮最後一次批點，再次使用了墨筆。在卷一《勸農》天頭有一處墨筆批云：『前半篇序述安雅，後半抒寫淋漓。安雅爲四古常格，其淋漓處筆騰墨飛，非漢魏以來所能擬似。』經比對，這段話不屬於何焯和查慎行，也不屬於陳祚明、卓爾堪、沈德潛，當是陳氏自己的意見。墨筆的第二個工作即前文提到的修正藍筆。除了上文的例子，再如卷二《連雨獨飲》天頭、卷三《飲酒》其四天頭等處，都有墨筆修正藍筆的痕跡。此外，陳氏還用墨筆在《飲酒》其六、其七等處的天頭抄録了『卓庵』的批語。古今號卓庵者不少，大概陳本禮未考出這個卓庵是誰，故未寫姓氏。經考，這裏的兩段卓庵批語均來自明崇禎間張自烈所刊《陶淵明集》。張自烈的弟弟張自勳正好號卓庵，且是張刻陶集的列名校定者，這個卓庵應當是他。

以上，我們大致還原了陳本禮批點陶集的整個過程。陳氏製作陶集善本的良苦用心，他讀書批點的精勤不輟，由此可謂昭然若揭；而讀者開卷，大概也不會五色目迷了。

陳本禮批點《陶詩彙注》，在今天具有多方面的意義。

首先，它在物質文化的意義上爲我們呈現了一個明清文學評點本的典型樣態，讓我們看到古人如何多次進行評點，如何製作一個精善美觀的評點本。這樣一本刻印精良、裝幀精美、絢爛奪目的書擺在面前，誰能抵擋它的誘惑呢？

其次，可從閱讀效果來看。無論吳瞻泰的評注還是陳本禮的批點，都深受明清文學評點文化的影響，他們彙聚古來高明之士的明達之論，構造了一個話語場，使本來自說自話的評論變成往復辯論，讓思想與文學的深度廣度得以加深拓寬，自然也使得讀書的趣味倍增。

再有，專就陶淵明詩歌的理解而言，此書也大有裨益。陶詩的基本風格是『自然』，古今無異議。可是後代那麼多人追求自然的文學風格，其中很多人同樣具有高尚的品格和不凡的胸襟，爲什麼他們在藝術上卻無法企及陶淵明？陶淵明詩歌的藝術魅力究竟是如何形成的？吳瞻泰的彙注與陳本禮的評點，較多地彙聚了前人對陶詩藝術的思考，想必能給今天有心的讀者帶來不少有益的提示。

開卷有益，何況是從形式到內容皆不凡之卷呢！

吳瞻泰對陶詩的彙注，加上陳本禮的五色批點，合而觀之，誠如陳氏自己所期許，成就了一種讀陶詩的善本。使我們看到，關於陶詩的思想與藝術，古人的分析與詮釋已經達到何種深度。更使我們在直觀欣賞書籍形態的刹那，便心神惝恍，徹底迷失在那種無法言説的美麗之中。只是善本雖善，卻自誕生之日起，便深藏於藏書家與圖書館的庋架上。愛好美善者不能舉其名，又從何處一窺其廬山面目呢？幸得紅豆君撥開雲霧而目睹芳容，又得浙江古籍出版社與上海圖書館通力合作，終於使此書化身千百，廣播人間。對這部兼具四美的書而言，彩印是能最大程度呈現其絢爛華麗的出版方式。『遠而望之，皎若太陽升朝霞；迫而察之，灼若芙蕖出渌波。』世間美好，又多一種矣。

尾注

〔一〕鄧安生：《〈陶詩彙注〉提要》，《中國古代詩文名著提要·漢唐五代卷》，石家莊：河北教育出版社，二〇〇九年，第四〇頁。

〔二〕陳田田：《吴瞻泰〈陶詩彙注〉研究》，安徽大學二〇一六年碩士學位論文，第五頁。

〔三〕張忠綱等：《杜集叙録·〈杜詩提要〉叙録》，濟南：齊魯書社，二〇〇八年，第三一三頁。

〔四〕（清）劉大櫆纂修：《（乾隆）歙縣志》卷十二，清乾隆三十六年（一七七一）刊本，第一六頁。

〔五〕（清）沈德潛編：《國朝詩別裁集》卷二十六，北京：中華書局，據清乾隆二十五年（一七六〇）教忠堂重訂本影印，第四七五頁。

〔六〕（清）李果：《在亭叢稿》卷七《二吴先生傳》，乾隆間刻本，第一三頁。

〔七〕《在亭叢稿》卷七《二吴先生傳》，第一一頁。

〔八〕《在亭叢稿》卷七《二吴先生傳》，第一一—一二頁。

〔九〕（清）陳儀：《陳學士文集》卷四，清乾隆十五年蘭雪齋刊本，第七頁。

〔一〇〕《陳學士文集》卷四，第七—八頁。

〔一一〕郭紹虞：《陶集考辨》，收入《照隅室古典文學論集》，上海：上海古籍出版社，二〇〇九年版，第二九四頁。

〔一二〕張宗友：《朱彝尊年譜》，南京：鳳凰出版社，二〇一四年，第五一五頁。

〔一三〕（日）橋川時雄：《陶集版本源流考》，北平：文字同盟社，一九三一年，第一四B—一七B頁。

〔一四〕（明）何孟春：《陶靖節集》卷十，上海圖書館藏明嘉靖間范永鑾重刊本，第二〇B頁。

〔一五〕《陶集考辨》，第三〇六頁。

〔一六〕《陶集版本源流考》，第一八A頁。

〔一七〕《陶集版本源流考》，第三二A頁。

〔一八〕《陶集考辨》，第三一九頁。

〔一九〕《陶靖節集》卷一，第一A頁。

〔二〇〕《陶靖節集》卷一，第二A頁。

〔二一〕（清）吴瞻泰：《陶詩彙注》卷一，上海圖書館藏陳本禮批注清康熙四十四年（一七〇五）刻本，第二A頁。

〔二二〕《陶詩彙注》卷二，第一三A頁。

〔二三〕《陶詩彙注》卷二，第一四A頁。

〔二四〕《陶詩彙注》卷二，第七A頁。

〔二五〕《陶詩彙注》卷二，第一二A頁。

〔二六〕《陶詩彙注》卷一，第五A頁。

〔二七〕《陶詩彙注》卷三，第八B頁。

〔二八〕（梁）沈約撰：《宋書》卷九三《隱逸傳》，北京：中華書局，一九七四年，第二二八八—二二八九頁。

〔二九〕《陶詩彙注》卷二，第七B—八A頁。

〔三〇〕《陶詩彙注》卷二，第四A頁。

〔三一〕《陶詩彙注》卷一，第一B頁。

〔三二〕（清）吴瞻泰撰，陳道貴、謝桂芳校點：《杜詩提要》卷首，合肥：黄山書社，二〇一五年，第三頁。

〔三三〕《杜詩提要》卷首，第三—四頁。

〔三四〕《陶詩彙注》卷一，第二B頁。

〔三五〕《陶詩彙注》卷二，第八B頁。

〔三六〕《陶詩彙注》卷三，第八A頁。

〔三七〕《陶詩彙注》卷二，第六A頁。

〔三八〕《杜詩提要》卷首，第三—四頁。

〔三九〕（宋）陳振孫撰，徐小蠻、顧美華點校：《直齋書録解題》卷十六，上海：上海古籍出版社，一九八七年，第四六四頁。

〔四〇〕張寅彭編纂：《清詩話全編》康熙期六《陶詩彙注詩話提要》，上海：上海古籍出版社，二〇一八年，第四五五九頁。

〔四一〕《直齋書録解題》卷十六，第四六四頁。

〔四二〕（清）陳逢衡：《讀騷樓詩初集》卷四，清道光間陳氏讀騷樓刊《陳氏叢書》本，第一八B頁。按，所謂『中郎之感』，用蔡邕見王粲事，謂圖書繼承無人。

〔四三〕（清）陳本禮：《急就探奇》卷首，清嘉慶間陳氏裛露軒刊本，第三A頁。

〔四四〕（清）陳逢衡：《讀騷樓詩初集》卷四，第一八B頁。

〔四五〕（清）晏端書等撰：《（同治）續纂揚州府志》卷十三，清同治十三年刊本，第一A頁。

〔四六〕（清）平步青著：《霞外攟屑》卷六，上海：上海古籍出版社，一九八二年，第三八四頁。

〔四七〕（清）陳本禮：《屈辭精義》卷首，清嘉慶間陳氏裛露軒刊本，第二A頁。

〔四八〕（清）陳本禮：《協律鉤元》卷首，清嘉慶間陳氏裛露軒刊本，第二B頁。

〔四九〕《霞外攟屑》卷六，第三八四頁。

〔五〇〕《霞外攟屑》卷六，第三八四頁。

〔五一〕《（同治）續纂揚州府志》卷十三，第一A頁。

〔五二〕（清）趙翼著，江守義、李成玉校注：《甌北詩話校注》卷十，北京：人民文學出版社，二〇一三年，第四〇八頁。

〔五三〕（清）陳祚明評選，李金松點校：《采菽堂古詩選》前言，上海：上海古籍出版社，二〇〇八年，第一三頁。

目録

第一册

宋　序 ……（三）
吴　序 ……（七）
陶詩彙注目録 ……（一一）
黄景洛跋 ……（一八）
凡　例 ……（一九）
陶淵明傳　蕭統 ……（二七）
陶靖節先生年譜　吴仁傑 ……（三五）
年　譜　王質 ……（六九）
陶詩彙注卷一　四言 ……（八三）
停　雲　并序 ……（八三）
時　運　并序 ……（八四）
榮　木　并序 ……（八六）
贈長沙公族祖　并序 ……（八八）
酬丁柴桑 ……（九〇）
答龐參軍　并序 ……（九一）
勸　農 ……（九三）
命　子 ……（九五）
歸　鳥 ……（九九）
陶詩彙注卷二　五言 ……（一〇一）
形影神 ……（一〇一）
形贈影 ……（一〇一）
影答形 ……（一〇二）
神　釋 ……（一〇三）
九日閒居 ……（一〇六）
歸田園居五首 ……（一〇七）
游斜川　并序 ……（一一〇）
示周續之祖企謝景夷三郎 ……（一一二）
乞　食 ……（一一三）
諸人共遊周家墓柏下 ……（一一三）
怨詩楚調示龐主簿鄧治中 ……（一一四）
答龐參軍　并序 ……（一一五）
五月旦作和戴主簿 ……（一一七）
連雨獨飲 ……（一一八）
移居二首 ……（一一八）
和劉柴桑 ……（一一九）
酬劉柴桑 ……（一二一）
和郭主簿二首 ……（一二一）
於王撫軍座送客 ……（一二三）
與殷晋安別 ……（一二四）
贈羊長史 ……（一二五）
歲暮和張常侍 ……（一二七）
和胡西曹示顧賊曹 ……（一二八）
悲從弟仲德 ……（一二九）

第二册

陶詩彙注卷三　五言 ……（一三五）
始作鎮軍參軍經曲阿 ……（一三五）
庚子歲五月中從都還阻風於規林二首 ……（一三六）
辛丑歲七月赴假還江陵夜行塗口 ……（一三八）
癸卯歲始春懷古田舍二首 ……（一三九）
癸卯十二月中作與從弟敬遠 ……（一四一）
乙巳歲三月爲建威參軍使都經錢溪 ……（一四二）
還舊居 ……（一四三）
戊申歲六月中遇火 ……（一四四）
己酉歲九月九日 ……（一四五）
庚戌歲九月於中西田穫蚤稻 ……（一四六）
丙辰歲八月中於下潠田舍穫 ……（一四六）
飲酒二十首　并序 ……（一四八）
止　酒 ……（一六二）
述　酒 ……（一六四）

責　子……（一六七）
有會而作 并序……（一六八）
蜡　日……（一七〇）
陶詩彙注卷四 五言……（一七一）
擬古九首……（一七一）
雜詩十二首……（一七八）
詠貧士七首……（一八四）
詠二疏……（一八八）
詠三良……（一八九）
詠荆軻……（一九二）
讀山海經十三首……（一九四）
挽歌詩三首……（二〇五）
聯　句……（二〇六）
桃花源 并記……（二〇七）
附　見……（二一二）
讀史述九章……（二一二）
夷　齊……（二一二）
箕　子……（二一二）
管　鮑……（二一三）
程　杵……（二一三）
七十二弟子……（二一四）
屈　賈……（二一五）
韓　非……（二一五）
魯二儒……（二一六）
張長公……（二一六）
詩　話……（二一九）
論　陶……（二七一）

底本爲上海圖書館藏康熙初刻本原書框高十七點三釐米寬十三點五釐米

世徒見陶徵士淵明讀書不求甚解遂於書中一切疑義略而不求析此大惑也徵士讀書非不解也要以解解之以不解解之不求其甚焉斯已耳甚之爲言太過也猶仲尼不爲已甚之甚明乎斯旨則於讀陶詩也思過半矣諸家論徵士詩者寔繁有徒惟蘇黃楊陸之說得其解學者可覽而知焉惟是陶詩題甲子一事爲後世未決之疑是何也觀集中始庚子迄丙辰凡十七年皆晉安帝時所作初不聞題隆安元興義熙之號若九日閑居詩有云空視時運傾擬古第九章有云忽值山河

攺此爲宋受晉禪後作無疑不知何故反不書以甲子耶善乎吾家景濂學士之言曰其說蓋起於沈約宋書之誤而李延壽著南史五臣注文選皆因之烏虖淵明之清節其亦待書甲子而始見耶此眞解人可決疑矣後之學者正不必於此處索解解且求其甚也新安吴子東巖喜讀陶詩常輯諸家注裒以已說劃爲四卷要皆解其所當解而不解其所不必解予以其有合於徵士不求甚解之旨而賞之蓋自昔裴松之注三國劉孝標注世說酈道元注水經世稱三奇注他如杜弼注老子

何偃注莊子逍遥篇亦皆有聞於時大都性好其書則益求解耳如司馬膺之好讀太元經因注蜀都賦每云我欲與楊子雲周旋今觀東巖斯注也殆欲與五柳先生相周旋也者尚友古人樂共晨夕其亦徵士所期之素心人也與東巖注成將梓行請予序遂書諸簡首康熙甲申午日商丘宋犖撰

古詩自漢而下定以靖節爲宗其詞旨冲澹彌樸彌旨眞所謂清水出芙蓉天然去雕飾者也後人窮搜心力猶不免刺口菱芡柳子厚韋蘇州白香山蘇子瞻皆善學陶刻意髣髴而氣韻終不似捫蝨子謂子厚語近而氣不近樂天學近而語不近東坡和陶百餘篇亦微傷巧蓋皆難近自然也而或以爲知道或以爲逃名至舉以爲隱逸詩人之宗則尤非知陶詩者靖節自以先世宰輔遭世末流託諷夷齊荊軻寄懷綺角絕非沉冥無意於世者比也後人顧惑於休文宋書甲子之誤遂欲句

櫛字比以爲譏切寄奴抑又泥矣昔黃鶴魯訔注杜年經月緯幾於浣花詩史竟作新舊唐書識者訊焉而至不善者莫如李善輩之注文選不惟訓詁俗習重沓牽復而雕傷詩旨改竄經籍翻使作者命意半失於述者之明可嘆已余故與程君偕柳有刪補昭明選詩注一書竊欲一正其譌尚未卒業而陶詩則少從先君子授讀三十年未脫手凡見有片言卽筆之既而屢削其藁今所存者什之二三而已緐而雜不若簡而眞況靖節本無意於雕飾其詩而後人乃敢於雕飾其注耶瞻泰不

才識卑而見尠安從窺靖節藩籬唯性之所嗜强
爲索解綿津宋中丞以爲有合於靖節之旨爲序
以傳余滋懼已而門人程生崟請曰方今
聖學休明詩壇鼓吹海内詞人注杜注韓注白注
蘇標新鬬麗熠燿縹緗而獨無注陶善本行世豈
真謂清廟明堂之音不儷伯牙之琴蘇門之嘯耶
余以其有激於鍾記室詩品之言爰授而梓之康
熙乙酉春日新安吴瞻泰撰

陶詩彙注目録

卷首
凡例
傳
吳仁傑年譜
王質年譜
卷一
停雲四首
時運四首
榮木四首

陶詩彙注目錄

贈長沙公族祖四首
酬丁柴桑二首
答龐參軍六首
勸農六首
命子十首
歸鳥四首
卷二
形影神 形贈影 影答形 神釋
九日閒居
游斜川

示周續之祖企謝景夷三郎
乞食
諸人共遊周家墓柏下
怨詩楚調示龐主簿鄧治中
答龐參軍
五月旦日和戴主簿
連雨獨酌
移居二首
和劉柴桑
酬劉柴桑

和郭主簿二首
於王撫軍座送客
與殷晉安别
贈羊長史
歲暮和張常侍
和胡西曹示顧賊曹
悲從弟仲德

卷三

始作鎮軍參軍經曲阿
庚子歲五月中從都還阻風於規林二首

辛丑歲七月赴假還江陵夜行塗口
癸卯歲始春懷古田舍二首
癸卯十二月中作與從弟敬遠
乙巳歲三月爲建威參軍使都經錢溪
還舊居
戊申歲六月中遇火
己酉歲九月九日
庚戌歲九月中於西田穫蚤稻
丙辰歲八月中於下潠田舍穫
飲酒二十首

止酒　述酒
責子
有會而作
蜡日

卷四

擬古九首
雜詩十二首
詠貧士七首
詠二疏
詠三良

詠荊軻
讀山海經十三首
輓歌詩三首
聯句
桃花源
附見
讀史述九章
卷末
諸家詩話
綺園論陶

道光戊申六月先業師陳穆堂先生易簀時以其尊人
素村先生手批此本交為收藏三十餘年屢經兵燹幸未
遺失今 洛亦年衰多病恐此書仍虞零落有辜付託
謹特呈懇 鐵子密家表兄代為珍藏 密翁古道高
風世所欽仰 名德之後必有達人此書得所依歸謹識
數言為誌欣幸 光緒十年甲申閏五月仁和醒原黄景洛謹跋

凡例

北齊陽僕射休之序録云陶集一本八卷無序一本六卷并序目編比顛亂兼復缺少梁蕭統所撰八卷合序目傳誄而少五孝傳四八目然編録有體次第可尋今録統所闕并序目等合爲一帙十卷此陽本與蕭本并傳爲陶集所由始隋經籍志潛集九卷唐藝文志潛集五卷所載互異文獻通考稱吴氏西齋目有潛集十卷疑即休之本也休之本出宋丞相庠家虎丘寺僧思悦云永嘉周仲章太守家藏宋丞相刊定之本於疑闕處甚有所

補憾此本今不傳也思悅采拾衆本重定爲十卷刻於治平三年世所傳宋槧卽此本耳明何燕泉孟春張潔生爾躬二本皆祖之何注較詳訛鈌亦不少而詩注四卷單行則始自宋番陽湯文清漢世所引東澗者也又元劉坦之履選詩補注中箋陶至數十首雖非專本亦可觀明黃維章文煥有陶詩析義四卷皆箋已見多所發明是編專録其詩祖於湯黃而實舉陶之所長不爲略也

宋時河南吴斗南仁傑有靖節年譜一卷張季長縯辨證雜記羣賢論靖節語所謂蜀本也世所傳

陶集皆亡年譜余友汪西亭立名録以見貽後程偕柳元愈又以宋王質所撰紹陶録年譜相証互有發明今并著之簡端

陶詩次序紊亂自陽僕射時已然吳斗南年譜亦或失實如辛丑歲游斜川詩首有開歲倏五日句俗本訛爲五十年譜便改辛丑爲辛酉以實之與詩序迥不合未免以詞害志至四言五言卷帙旣分前後倒置今亦不敢妄更悉遵舊本觀者自能會之唯桃源詩本在記內今并讀史述九章附於四卷之末

陶詩紀甲子之説始於宋書而文選因之黃魯直秦少游皆惑其説治平中虎丘僧思悦始辨其非而蔡采之碧湖雜記猶曲爲之説以爲元興以後劉裕秉政名雖爲晉已有革代之基故淵明所題皆書甲子以此論淵明更非本懷夫國猶其國而預擬二十年後之興亡以標異其詩題豈臣子之所忍言哉但其一腔忠憤亦時流露於意言之表凡有顯指易代者始爲標出其餘若劉坦之黃維章之説非不創新罔敢闌入

世所傳陶集鏤版既訛相沿日久如詠三良序康

公從亂命而曰治命讀山海經十章同物旣有慮而曰無慮念彼懷王世世而曰懷生世一字之誤害理爲甚今從黃本改之其餘字句互異者兩存句下

田園詩陳述古本止五首俗取江淹種苗在東皋爲卒章卽醴陵集擬古詩三十首之一蓋文通擬陶者也遯齋閑覽已辨其誤問來使一首亦傳爲江文通作西淸詩話謂此章獨南康與晁文元家二本有之湯文淸以爲晚唐人所作郎瑛七修類稿謂是宋蘇子美詩混入陶集四時一章爲顧長

康詩載許彦周詩話今幷刪之從厥舊也
題下小序必作者自題其命篇之意方得書幷序
二字近人注詩或指前人之所注以爲序殊失作
者詞氣余刪補昭明選詩輯注如此類者甚夥悉
改置小字從注例也是集如蜡日二疏三良皆非
序體其爲舊注無疑今改從注
陶集舊無詳注黄本不摭故實悉抒已意雖詳無
訓詁氣爲今之善本唯牽合易代事太多未免微
鑿集中取其説者什之三四今於舊本所有者曰
原注諸家著論署某人徵引典故標其書唐宋以

來詩話專於某篇發明者注篇下其餘汎論悉置卷末各以類從不專以時代次第覽者詳之其言涉荒誕失靖節詩旨者從削苕溪漁隱叢話中或論和陶之作於陶詩無涉者亦不録

瞻泰少嗜陶以案頭俗本訛誤間有考正徵引箋之紙尾後得湯東㵎劉坦之何燕泉黃維章諸本漸次加詳而吾友汪于鼎洪度王名友棠各有箋注亦折衷采録宋中丞商丘先生見而悅之爲序以行適秀水朱檢討竹垞先生來廣陵以疑往質因出示其所弃鈔本詩話廣所未備又泰州沈興

之默同邑洪去蕪嘉植汪文治洋度程偕柳元愈余叔綺園菘弟衞猗瞻淇商確駁正裨益良多門人程夔州崟篤志好古日夕手録吟諷亦間抒所見讐校既清代付剞劂故畧述其緣起如此

陶淵明傳

梁昭明太子蕭統撰

陶淵明字元亮或云潛字淵明〔晉書〕潛字元亮〔宋書〕潛字淵明或云淵明字元亮〔南史〕潛字淵明或云字深明名元亮〔瞻泰〕按〔張縯〕曰梁昭明太子傳稱陶淵明字元亮顏延之誄亦云有晉徵士潯陽陶淵明以統及延之所書則淵明固先生之名非字也先生作孟嘉傳稱淵明先親君之第四女嘉於先生爲外大父先生又及其先親義必以名自見豈得自稱字哉統與顏延之所書可信不疑晉史謂潛字元亮南史謂潛字淵明皆非也先生於義熙中祭程氏妹亦稱淵明至元嘉中對檀道濟之言則曰潛也何敢望賢年譜云在晉名淵明在宋名潛元亮之字則未嘗易此言得之矣潯陽柴桑人也曾祖侃晉大司馬〔晉書〕大司馬侃之曾孫祖茂武昌太守淵明少有高趣博學善屬文穎脫不羣任眞自得嘗著五柳先生傳以自況曰先生不知何許人也亦不詳姓字宅邊有五柳

樹因以爲號焉閑靜少言不慕榮利好讀書不求甚解每有會意欣然忘食性嗜酒而家貧不能恒得親舊知其如此或置酒招之造飲輒盡期在必醉既醉而退曾不吝情去留環堵蕭然不蔽風日（宋書作風雨）短褐穿結簞瓢屢空晏如也嘗著文章自娛頗示已志忘懷得失以此自終（晉書南史有其自序如此五字）時人謂之實録親老家貧起爲州祭酒不堪吏職少日自解歸州召主簿不就躬耕自資遂抱羸疾江州刺史檀道濟往候之偃卧瘠餒有日矣道濟謂曰賢者處世天下無道則隱有道則至今子生文明之

世奈何自苦如此對曰潛也何敢望賢志不及也道濟饋以粱肉麾而去之（晉書宋書無檀道濟一段）後爲鎮軍建威叅軍謂親朋曰聊欲絃歌以爲三徑之資可乎執事聞之以爲彭澤令不以家累自隨送一力給其子書曰汝旦夕之費自給爲難今遣此力助汝薪水之勞此亦人子也可善遇之（晉書宋書無家累自隨一段）公田悉令吏種秫曰吾嘗得醉於酒足矣妻子固請種秔（南史秔作粳）乃使二頃（宋書南史作二頃晉書作一頃）五十畝種秫五十畝種粳（晉書素簡貴不私事上官）歲終會郡遣督郵至縣吏請曰（晉書作吏白）應束帶見之淵明歎曰我豈能爲五斗米折腰向

鄉里小兒〔晉書〕吾不能爲五斗米折腰拳拳事鄉里小人邪卽日解綬去職〔晉書〕義熙二年解印去縣賦歸去來徵著作郎不就〔宋書〕〔南史〕義熙末徵著作佐郎不就〔晉書〕頃之徵著作郎不就既絶州郡覲謁其鄉親張野及周旋人羊松齡龐遵等或有酒邀之或要之共至酒坐雖不識主人亦欣然無忤酣醉便返未嘗有所造詣所之惟至田舍及廬山遊觀而已江州刺史王弘欲識之不能致也淵明嘗往廬山弘命淵明故人龐通之齎酒具於半道栗里之間邀之淵明有脚疾使一門生二兒舁〔諸本作轝〕籃輿既至欣然便共飲酌俄頃弘至亦無迕也〔晉書〕刺史王弘以元熙中臨州甚欽遲之後自造焉潛稱疾不見既而語人云我性不狎世因疾守閑幸非潔志慕聲豈敢以王公紆軫爲榮邪夫謬以不賢此劉公幹所以招謗君子其罪不細也弘每令人候之密知當往廬山乃遣其故人龐通之等齎酒先於半道邀之潛既遇酒便引酌野亭欣然忘返弘乃出與相見遂歡晏窮日潛無履弘顧左右爲之造履度潛便於坐申脚令度焉弘要之還州問其所乘荅云素有脚疾向乘籃輿亦足自反

乃令一門生二兒轝之共至州而言笑賞識不覺其有羡於華軒也弘後見輒於林澤間候之至於酒米乏絕亦時相贍嘗言夏月虛閒高臥北窗之下清風颯至自謂羲皇上人即接性不解音云云

先是顏延之爲劉柳後軍功曹在潯陽與淵明情款後爲始安郡經過潯陽日造淵明飲焉每往必酣飲致醉弘欲邀延之坐彌日不得延之（瞻泰按宋書酣飲致醉下即接臨去云云無弘欲邀延之坐十二字於上下文亦順然此多一層意南史同）臨去留二萬錢與淵明淵明悉遣送酒家稍就取酒嘗九月九日（南史宋書多無酒二字）出宅邊菊叢中坐久之滿手把菊忽值弘送酒至即便就酌醉而歸（晉書顏延之及把菊二事不載）淵明不解音律而蓄無絃琴一張每酒適輒撫弄以寄其意（晉書蓄素琴一張絃徽不具每朋酒之會則撫而和之曰但識琴中趣何勞絃上聲）貴賤造之者

有酒輒設淵明若先醉便語客我醉欲眠卿可去其眞率如此郡將常候之值其釀熟取頭上葛巾漉酒漉畢還復著之時周續之入盧山事釋惠遠彭城劉遺民亦遁迹匡山淵明又不應徵命謂之潯陽三隱後刺史檀韶苦請續之出州與學士祖企謝景夷三人共在城北講禮加以讐校所住公廨近於馬隊是故淵明示其詩云周生述孔業祖謝響然臻馬隊非講肆校書亦已勤（晉書南史宋書皆無周續之事）其妻翟氏亦能安勤苦與其同志（南史其妻翟氏志趣亦同能安苦節夫耕於前妻鉏於後）自以曾祖晉世宰輔恥復屈身後代自宋高祖王

業漸隆不復肯仕〔宋書〕所著文章皆題其年月義熙以前則書晉氏年號自宋初以來惟云甲子而已南史因之

元嘉四年將復徵命會卒時年六十三世號靖節先生〔資治通鑑綱目〕大書元嘉四年冬十一月晉徵士陶潛卒〔書法〕曰潛卒於宋書晉何潛始終晉人也綱目予節故通鑑不書於是特書之是故晉亡潛心乎晉則卒書晉唐亡矣張承業心乎唐則卒書唐徵士書卒終綱目一人而已矣〔發明〕曰陶潛在晉乃太尉侃之孫自其初年出處大致亦有可觀至劉宋移國恥復屈身遂不出仕卒能保全名節故綱目特以晉處士書之明其不失身於宋氏獨得為晉全人也然通鑑是年不載其事綱目取其前史以激千載之清風爾嘗因是考之晉隱逸傳不見其不屈之意至南史始著其說且載檀道濟嘗饋粱肉麾而去之之事則潛之此意顯然明白今分注亦本此為說其有關於世教多矣

陶靖節先生年譜

宋河南吴仁傑斗南編次

先生晉大司馬長沙郡公侃之曾孫按梁昭明太子著先生傳云自以曾祖晉世宰輔恥復屈身後代自宋高祖王業漸隆不復肯仕惟先生大節如此故義熙初元去彭澤未有著廷之命亦不拜時晉猶未禪也先生雖晉臣未嘗一食宋粟然其卒在元嘉中故晉書有本傳沈約宋書李延壽南史又皆有傳後世因以先生爲宋人隋經籍志稱宋聘士陶潛集吴氏西齋録稱宋彭澤令陶潛集者

誤也今取晉故官表之篇端從先生本志云

晉哀帝興寧三年乙丑

先生生於是年

海西公太和元年丙寅

六年辛未

是年冬簡文即位改元咸安

簡文帝咸安二年壬申

孝武帝寧康元年癸酉

太元元年丙子

祭程氏妹文云慈妣蚤世我年二六先生生於乙

先生是十有二歲丁母夫人孟氏憂夫人晉故征西大將軍長史孟嘉第四女大司馬侃外孫也

十年乙酉

示龐主簿鄧治中詩云弱冠逢世阻按晉紀及五行志太元八年春三月始興南康廬陵大水南康平地五尺十年夏五月大水秋七月旱饑先生時年方冠連年旱潦饑饉故云

十六年辛卯

有始春懷古田舍詩二首集本作癸卯字誤也此詩首聯云在昔聞南畝當年竟未踐則是此年方

有事於田疇故明年有投耒學仕之語按本傳稱先生躬耕自資亦在爲鎮軍參軍之前以此知始踐南畝決非癸卯歲集本誤明矣

十八年癸巳

是歲爲江州祭酒未幾辭歸州復以主簿召不就飲酒詩云疇昔苦長飢投耒去學仕又云是時向立年蓋先生以二十九歲始出仕實癸巳歲也本傳云親老家貧起爲州祭酒不堪吏職少日自解歸此飲酒詩下句所謂拂衣歸田里者也

十九年甲午

是年先生三十矣有悼亡之戚故示龐主簿鄧治中云始室喪其偏禮三十曰壯有室左傳齊崔子生成及彊而寡娶東郭氏杜註偏喪曰寡先生與子儼等疏云汝輩雖不同生當思四海兄弟之義他人尚爾況共父之人哉先生蓋兩娶本傳稱其妻翟氏志趣亦同能安苦節夫耕於前妻鋤於後則繼室實翟氏

安帝隆安元年丁酉

四年庚子

始作鎮軍叅軍有經曲阿詩曲阿今丹陽縣也本

傳稱躬耕自資遂抱羸疾復爲鎮軍建威參軍事按晉官制鎮軍建威皆將軍官各置屬掾非兼官也以詩題攷之先生蓋於此年作鎮軍參軍至乙巳歲作建威參軍史從省文耳文選經曲阿詩李善註云宋武帝行鎮軍將軍按裕元興元年爲建威將軍三年行鎮軍將軍與此先後歲月不合先生亦豈從裕辟者善註引用非是此年五月又有從都還阻風規林詩云一欣侍溫顏則先生就辟至是乃挈家居京師故還舊居詩有疇昔家上京之句葛文康云先生阻風規林詩落句云靜念林

園好人間良可辭是歲春秋三十六明年夜行塗口詩云投冠旋舊廬不爲好爵縈卒踐其言自彭澤歸優游里巷者二十有二年

五年辛丑

有七月赴假還江陵夜行塗口詩文選此詩遥遥至西荆李善註云時京都在東故謂荆州爲西也今集本作南荆者非葉少藴左丞云淵明隆安庚子從都還明年赴假還江陵荆州刺史自隆安三年桓　襲殺殷仲堪卽代其任至於簒未别授人淵明之行在五年豈嘗仕於　耶傳云爲鎮軍叅

軍按劉裕以大亨三年逐桓　行鎮軍將軍事豈又嘗仕於裕耶桓　劉裕之際而淵明皆或從仕世多以爲疑此非知淵明之深者未論實爲　裕否淵明在隆安之前天下未有大故且不肯仕自庚子至乙巳正君臣易位人道反覆之時淵明乃肯出仕乎蓋潯陽上流用武之地　與裕所由交戰出入往來者也淵明知自足以全節而不傷生故迫之仕則仕不以輕犯其鋒棄之歸則歸不以終屈其已豈區區一節之士可以窺其閒哉自去彭澤劉裕大業已成天下亦少定遂不復出後十

四年召爲著作佐郎則淵明可以終辭矣仁傑按先生爲鎮軍非從劉裕巳具去歲譜中至仕於江陵則又有不然者先生以庚子歲作鎮軍參軍乙巳歲去彭澤不復仕故還舊居詩云疇昔家上京六載去還歸自庚子至乙巳凡六年旣云家上京又有從都還阻風詩則是未嘗居江陵使先生果仕於　不應居京師設居江陵不應以爲上京故先生答龐參軍序云龐從江陵使上都過潯陽凡言京都皆指建業則先生未嘗居江陵明甚其祭程氏妹文云昔在江陵重罹天罰兄弟索居乖隔

楚越伊我與爾百哀是竊以先生阻風詩推之一欣侍溫顔再喜見友于則先生蓋有兄弟至江陵丁外艱而兄弟乖隔獨與女弟居喪者蓋先生兄弟在京師而女弟居江陵豈先生親闈因過其女以疾留江陵遂不起耶先生以七月還江陵而祭妹文有蕭蕭冬月之語則居憂在是歲之冬

元興元年壬寅

桓　舉兵犯京師政自已出改元大亨是年先生居憂

二年癸卯

先生服闋閒居有飲酒詩二十首内一篇上云是時向立年下云亭亭復一紀又别篇云行行向不惑是年三十九矣十二月桓元篡晉改元永始是月先生與從弟敬遠詩云寢跡衡門下邈與世相絶又飲酒詩稱夷叔在西山且當從黃綺皆有激而云

三年甲辰

先生四十歲有榮木及連雨獨飲詩是歲桓元伏誅晉帝反正於江陵未幾桓振反三月建威將軍劉懷肅討振斬之天子乃還京師是年懷肅以建

威將軍爲江州刺史先生實參建威軍事從討逆黨於江陵有使都經錢溪詩蓋自江陵以使事如建業尋歸潯陽有還舊居詩八月起爲彭澤令在官八十餘日解印綬去有歸去來辭并序顔延之爲先生誄云母老子幼就養勤匱遠惟田生致親之義追悟毛子捧檄之懷初辭州府三命後爲彭澤令按先生十二歲失所恃今延之言其母老蓋繼母也韓子蒼舍人云以淵明傳及詩考之自庚子歲始作建威參軍爲彭澤遂棄官歸凡爲吏者六歲故云六載去還歸然淵明乙巳歲三月尚爲

參軍十一月去彭澤而云家貧耕植不足以自給何也仁傑以歸去來序考之不言由參軍爲彭澤蓋自使都之後去官還潯陽其云六載去還蓋在京師居者六年已而歸潯陽舊居故有還舊居詩旣歸而耕植不給於是有弦歌之意所謂脫然有懷求之靡途是也東坡先生言孔子不取微生高孟子不取於陵仲子惡不情也陶淵明欲仕則仕不以求之爲嫌欲隱則隱不以去之爲高古今賢之貴其眞也先生自庚子歲作鎮軍參軍至辛丑秋居憂癸卯外除值桓氏亂閒居彌年此年春方

在建威府未幾復辭去雖六載居京其實爲吏之日少子蒼疑其遽有不給之歎顧第弗深考又以鎮軍爲建威亦誤也先生之去彭澤也不知者以爲不能爲五斗米折腰鄉里小兒其知者以爲爲女弟之喪也乃若先生之意則有在矣方是時劉寄奴自以復晉鼎於桓氏竊取之餘規模所建漸廣決非臣事晉者故先生見幾而作耳其誨顏延之之言曰獨正者危至方則礙然則先生之不欲爲苟去豈非得明哲保身之道也哉

義熙二年丙午

有歸園田居詩五首味其詩蓋自彭澤歸明年所作也首篇云誤落塵網中一去三十年按太元癸卯先生初仕爲州祭酒至乙巳去彭澤而歸纔甲子一周不應云三十年當作一去十三年此詩今本有六首韓子蒼云陳述古本止五首俗本取江淹種苗在東皐爲末篇乃序行役與前五首不類東坡亦因其誤和之按江淹擬先生田居詩見文選

三年丁未

晉史本傳云義熙三年解印去縣賦歸去來辭按

先生自序去縣以乙巳歲實元年此史誤也五月
有祭程氏妹文
四年戊申
六月有遇火詩
五年己酉
有九日詩
六年庚戌
九月有西田穫稻詩
七年辛亥
有與殷晉安別詩其序云殷先作晉安南府長史

掾因居潯陽後作太尉參軍移家東下作此以贈按宋武帝紀此年改授太尉又按殷景仁傳爲宋武帝太尉行參軍則所謂殷晉安卽景仁也先生方避世而景仁乃就辟故其詩云語默自殊勢亦知當乖分又云興言在茲春則此詩在春月作八月有祭從弟敬遠文

八年壬子

有雜詩十一首有句云奈何五十年忽已親此事又有示周掾祖謝詩周掾名續之隱廬山與先生及劉遺民號潯陽三隱者江州刺史檀韶苦請續

之出州與學士祖企謝景夷三人共在城北講禮加以校讎所住公廨近於馬隊故其詩云周生述孔業祖謝響然臻馬隊非講肆校書亦已勤誚之也事見蕭德施所著先生傳按南史檀韶從征廣固及討盧循有功後拜江州刺史征廣固在義熙五年討盧循在六年則韶爲江州當在此年以後

九年癸丑

有與子儼等疏云告儼俟份佚佟吾年過五十云云南史本傳載此文末云又爲命子詩以貽之今按命子詩是初得子儼時作與疏不合惟責子詩

有五男兒然儼時方年十六俟年十四份佚皆年十三佟八歲耳先生悼亡在壯歲而前夫人有所出則責子詩當是四十後所作亦非與子儼等疏時也東坡云淵明臨終疏告儼等今按疏稱年過五十而先生享年六十有三則此文又非屬纊時語疏云疾患以來漸就衰損自恐大分將有限則是因多病早衰之故預作治命耳此後十五年先生方物故自祭文及擬挽歌辭乃絕筆也

十二年丙辰

八月有於下潠田舍穫詩又有怨詩楚調示龐主

簿鄧治中云僶仰六九年其年先生五十四時顏
延之爲江州刺史劉抑後軍功曹在潯陽與先生
情欵以周續之傳考之抑以是年到官云
十三年丁巳
有贈羊長史詩長史名松齡晉史本傳謂與先生
周旋者是歲劉裕平關中松齡以左軍長史銜使
秦川故有句云路若經商山爲我少躊躇多謝綺
與甪精爽今何如與飲酒詩且當從黃綺同意當
桓劉之世先生不出世如避秦也
十四年戊午

詔除著作郎稱疾不就見南史本傳

恭帝元熙元年己未

是歲王宏爲江州刺史本傳云宏欲識淵明而不能致令人候知當往廬山乃遣其故人龐通之等先齎酒具於半道栗里間淵明有脚疾使一門生二兒舁籃輿既至便忻然共飲宏乃出與相聞要之還州

二年庚申

夏六月晉禪於宋宋高祖改元永初讀史述九章自註曰余讀史記有所感而述之首章述夷齊云

天人革命絶景窮居采薇高歌慨想黄虞二章述箕子云去鄉之感猶有遲遲矧伊代謝觸物皆非當是革命時作近世有校集本者云文選五臣註辛丑歲七月赴假還江陵詩謂淵明詩晉所作者皆題年號入宋所作但題甲子而已意者恥事二姓故以異之思悦考淵明之詩有題甲子者始庚子距丙辰凡十七年間只九首皆晉安帝時作中有乙巳歲三月經錢溪作此年秋乃為彭澤令解印綬去後十六年庚申晉禪宋淵明傳曰自宋高祖王業漸隆不復肯仕於淵明出處得其實矣寧

容晉未禪宋前二十年輒恥事二姓所作詩題甲子而自取異哉矧詩中又無標晉年號者仁傑按沈約宋書潛自以曾祖晉世宰輔不復屈身後代自高祖王業漸隆不復肯仕所著文章皆題年月義熙已前則書晉氏年號自永初以來惟云甲子而已嘗考集中諸文義熙已前書晉氏年號者如桃花源詩序云晉太元中又祭程氏妹文云維晉義熙三年是也至游斜川詩序在宋永初二年作則但稱辛酉歲自祭文在元嘉四年作則但稱歲惟丁卯史氏之言亦不誣矣然其祭從弟敬遠文

在義熙中亦止云歲在辛亥要之集中詩文於晉年號或書或否固不一槩卒無一字稱宋永初以來年號者此史氏所以著之也史論其所著文章不專爲詩而發而五臣輙更之曰淵明詩晉所作者皆題年號此所以啓後世之誤也詳味先生出處大節當桓靈寶僭竊位號與劉氏創業之初未嘗一日出仕而眷眷本朝之意自見於詩文者多矣東坡云讀史述九章夷齊箕子蓋有感而云去之五百歲吾猶識其意也韓子蒼亦曰余反復述酒詩見山陽舊國之句蓋用山陽公事疑是義熙

以後有所感而作故有流淚抱中歎平王去舊京之語淵明忠義如此今人或謂淵明所題甲子不必皆義熙後此亦豈足論淵明哉唯其高舉遠蹈不受世紛而至於躬耕乞食其忠義亦足見矣

宋高祖永初二年辛酉

有游斜川詩并序别本作辛丑者非是先生是年五十七然詩云開歲倏五十或疑是辛亥歲作是年四十九故言開歲倏五十猶言來歲云爾按馮衍顯志賦云開歲發春則非謂來歲明矣馬永卿云盧山東林舊本作倏五日與序所謂正月五日

相應宜以爲正東坡和此篇云雖過靖節年未失斜川游東坡於時年六十二自辛酉歲論之先生五十七歲而東坡又過其五亦無傷也

三年壬戌

營陽王景平元年癸亥八月文帝即位改元元嘉文選顏延之爲先生誄李善注引何法盛中興晉書曰延之爲始安郡經潯陽常飲淵明舍自晨達昏南史傳亦云每過潛必酣飲致醉刺史王宏欲要延之坐彌日不得延之臨去留二萬錢潛悉送酒家稍就取酒按延之道過湘州祭屈原文云有

宋五年知以是年之郡

文帝元嘉二年乙丑

贈長沙公詩其序云余於長沙公爲族祖同出大司馬昭穆既遠已爲路人經過潯陽臨别贈此詩

按陶侃傳曰封長沙郡公贈大司馬有子十七人洪瞻夏琦旗斌稱範岱九人附見侃傳先生大父亦侃子也獨見於先生傳中侃以壬辰咸和七年薨世子夏襲爵及送侃喪還殺其弟斌庾亮奏加放黜表未至而夏卒詔以瞻息宏襲侃爵卒子綽之嗣綽之卒子延壽嗣宋受禪降爲吴昌侯以世

陶詩彙注

次考之先生於延壽爲諸父行今自謂於長沙公爲族祖意延壽入宋而卒見先生於潯陽者豈其子耶延壽已降封吳昌仍以長沙稱之從晉爵也集本序文良是詩題當云贈長沙公族孫而云族祖者字之誤也一本因詩題之誤輒以意改序文云長沙於余爲族祖按侃子夏襲封長沙公於先生爲大父行史雖不著夏卒之歲月然其卒在庚亮前亮没以歲庚子寔咸康六年距興寧乙丑歲猶一十五年時先生未生也夏固不與先生同時又按禮經高祖之昆弟六世以外然後親屬竭故

有從父有從祖有族祖蓋同祖爲從父同曾祖爲從祖同高祖爲族祖使侃諸子而在乃先生祖之昆弟服屬近矣安得云昭穆既遠當曰從祖亦不得云族祖也至若延壽之子則侃之六世孫與先生同高祖先生視之爲族孫故以族祖自居其詩有云同源分流人易世疎又有禮服既悠之語蓋昭穆至是差遠然至以爲路人則長沙公於宗族之義亦薄矣故又云慨然寤歎念兹厥初觀此則俗本所改序文果非

三年丙寅

是歲五月檀道濟爲江州刺史本傳稱道濟往候先生偃卧瘠餒有日矣道濟謂曰夫賢者處世天下無道則隱有道則至今子幸生文明之世奈何自苦如此對曰潛也何敢望賢志不及也道濟餽以粱肉麾而去之然本傳載此在爲鎮軍參軍之前以道濟傳考其歲月知史誤也葉左丞云陶淵明晉書南史皆有傳梁蕭統亦有傳嘗以統傳及顔延之所作誄參之二史大抵南史全取統傳而更其名字統傳云淵明字元亮或云潛字淵明南史云潛字淵明或云字淵明名元亮至晉書直言

潛字元亮統去淵明最近宜得其實旣兩見則淵明蓋嘗自更其名字所謂或云潛字淵明者其前所行也淵明字元亮者後所更也統承其後故書淵明爲正而謂潛爲或說意淵明自别於晉宋之間而微見其意歟顔延之作誄以潯陽陶淵明稱之此欲以其名見也延之與淵明同時且相善不應有誤可以知其爲後名與統合不然或謹其名自當稱元亮何以追言其舊字乎仁傑按石林謂先生更名自别於晉宋之間得其微意矣至謂潛與淵明爲前所行淵明與元亮爲後所更以集與

本傳考之則有可疑按先生之名淵明見於集中者三其名潛見於本傳者一集載孟府君傳及祭程氏妹文皆自名淵明又按蕭統所作傳及晉書南史載先生對道濟之言則自稱曰潛孟傳不著歲月祭文晉義熙三年所作據此卽先生在晉名淵明可見也此年對道濟實宋元嘉則先生至是蓋更名潛矣山谷懷陶令詩云潛魚願深渺淵明無由逃蓋言淵明不如潛之爲晦此尤深得先生更名之意至云歲晚以字行更始號元亮此則承南史之誤耳延之作先生誄云有晉聘士陶淵明

旣以先生爲晉臣則用其舊名宜矣延之與先生厚善著其爲晉聘士又書其在晉之名豈亦因是欲見先生之意耶蕭統不悟其旨乃以淵明爲本名而以潛爲或說傳中載對道濟之語則又云潛自相牴牾其寔先生在晉名淵明字元亮在宋則更名潛而仍其舊字謂其以名爲字者初無明據殆非也本當曰陶淵明字元亮入宋更名潛如此爲得其實其曰深明泉明者唐人避高祖諱故云

四年丁卯

將復召命會先生卒有自祭文及擬挽歌辭祭文

云律中無射挽歌云嚴霜九月中送我出遠郊其卒當在九月顏延之誄云疢惟痁疾視化如歸則是以痁疾卒也又云藥劑弗嘗禱祀非恤又紀其遺占之言曰存不願豐没無求贍省訃却賻輕哀薄斂遭壤以穿旋葬而窆自祭文亦曰奢恥宋臣儉笑王孫又有不封不植之語嗚呼死生之變亦大矣而先生病不藥劑不禱祀至自爲祭文挽歌與夫遺占之言從容閒暇如此則先生平生所養從可知矣顏延之取謚法寬樂令終曰靖好廉自克曰節合二字之美謚焉

年譜 載雲韶堂紹陶録

宋泰山王質著

元亮高風發於宋晉去就之際君曾祖事晉懋著勳勞自宋武帝芟元復馬逆揣其末流即不出武帝將收賢士以繫人心見要亦不應陶謝皆世臣君世地色言俱辟而靈運爲武帝秉任最後乃欲詭忠義雜江海遠師送君過虎溪而却靈運不入蓮社素心皆所鑒知譜具左方

興寧三年乙丑 晉哀帝

君生於潯陽柴桑今德安縣楚城市是父軼名命

子詩云於穆（集作皇）仁考澹焉虛止寄迹風雲宜茲慍喜陶氏自侃以武功擅世後裔稍襲故風多流亂岐蓋折翼之祥發之旁派傳淡傳君父子皆以隱德著稱侃女適孟嘉嘉女適君父是生君其氣所傳造化必有可言者

太元元年丙子（晉孝武帝）

君年十二失母祭妹文云慈妣早世我年二六

太元九年甲申

君年二十失妾（當作妻下同）楚調詩云弱冠逢世阻始室喪其偏妾翟氏偕老所謂夫耕於前妻鉏於後當

是翟湯家湯莊矯法賜四世以隱行知名亦柴桑

太元十九年甲午

君年三十有歸園田詩云誤落塵網中一去三十年初爲州祭酒當在其前不堪乃解歸故云久在樊籠裏復得返自然尋亦却主簿

隆安四年庚子晉安帝

君年三十六五月有從都還阻風規林詩當是參鎮軍銜命自京都上江陵故在始作鎮軍參軍經曲阿詩後父在柴桑故云一欣侍溫顏又云久游戀所生父爲人度不肯適都當是已舍單行見還

舊居詩軍僚差彊郡吏故云時來苟冥會婉戀憩
通衢投策命晨裝暫與田園疏

隆安五年辛丑

君年三十七正月有游斜川詩云開歲倏五十方
三十七作五日是當是故歲五月還潯陽今歲七
月適江陵有赴假還江陵夜行途中詩留潯陽踰
年當是予告在鄉至是往赴云閒居三十載自未
叅鎮軍以前得三十六年當是不堪勞役遂起歸
意故云詩書敦宿好園林無俗情如何捨此去遥
遥至南荊失父祭妹文云昔在江陵重罹天罰觸

事未遠書疏猶存當是妹自武昌報江陵時父在柴桑

元興二年癸卯

君年三十九正月有始春懷古田舍詩當是自江陵歸柴桑復適京都宅憂居家思湓城故有懷古田舍又云良苗懷新十二月有與從弟敬遠詩云寢迹衡門下在都亦當是處野

元興三年甲辰

君年四十有連雨獨飲詩云僶仰四十年有飲酒詩云是時向立年志氣多所恥遂盡介然分終死

歸田里當在壬辰癸巳爲州祭酒之時所謂投耒去學仕又云冉冉星氣流亭亭復一紀至是得十二年

義熙元年乙巳

君年四十一三月有爲建威參軍使都經錢溪詩當是故歲自都還里卽吉庚子始事鎭軍繼事建威中經罹憂至是得六年復銜命至都其家尚未歸柴桑還舊居詩云疇昔家上京六載去還歸往來時經鄉閭不常留稍成疏故云阡陌不移舊邑屋或時非履歷周故居隣老罕復遺至是始定居

斷他適十一月有歸去來辭九月家留柴桑身往彭澤至是免歸當是不堪軍役故求縣不堪縣役故歸家所謂風波未定心憚遠役彭澤去家百里公田足以爲酒少日眷然有歸與之情平生之志始決見序及辭甚詳失妹所謂情在駿奔自免去職是歲劉將軍錄尚書

義熙三年丁未

君年四十三有祭程氏妹文自乙巳至是所謂服制再周

義熙四年戊申

君年四十四有六月遇火詩云奄出四十年

義熙五年己酉

君年四十五有九日詩

義熙六年庚戌

君年四十六有西田穫早稻詩

義熙七年辛亥

君年四十七有祭從弟敬遠文云絶粒委務考槃山陰晨采上藥夕閒素琴當時同志見文甚詳

義熙十年甲寅

君年五十有雜詩云奈何五十年棄官來歸至是

得十年故云荏苒經十載暫爲人所羈

義熙十一年乙卯

君年五十一有與子儼等疏云年過五十又云見樹木交蔭時鳥變聲亦復欣然五六月北窓下臥遇涼風暫至自號羲皇上人

義熙十二年丙辰

君年五十二有下潠田舍穫詩云曰余爲此來三四星火頹當是得此在癸丑甲寅之間

義熙十四年戊午

君年五十四楚調云僶俛六九年召爲著作佐郎

不應是歲宋公爲相國

元熙元年已未晉恭帝

君年五十五王休元爲江州自造不得見遣其故人龐通之等齎酒於半道栗里要之卽引酌野亭休元出與相聞極歡終日嘗九日抱菊無酒休元餉之有九日閒居詩所謂秋菊滿園時醪靡至當是未獲所遺休元在江州幾六載未審的在何年自乙巳至丁卯訖死未嘗他適獨暫爲休元入州

永初元年庚申宋武帝

君年五十六同隱周續之召至都爲顔延之連挫

義熙間檀韶爲江州邀續之在城北講禮讐書有示周掾祖謝詩云馬隊非講肆校書亦已勤又云但願還遂渚中從我潁水濱江城尚不欲周往奚況京師劉遺民亦同隱有和劉柴桑詩云挈杖還西廬又云春醪解飢劬其還以春有酬劉柴桑云嘉穟眷南疇又云慨然知已秋其還至是及秋初自西廬移南村有移居詩云聞多素心人樂與數晨夕又云過門更相呼有酒斟酌之遷居殆爲遺民之徒尋還西廬度相距亦不遠與遺民更相酬酢不改賞文析義之時未審的在何年或恐劉柴桑

似縣令劉或嘗爲此縣存此呼或有命不爲猶續之嘗命爲撫軍參軍不就因呼周掾皆不可知但非時爲宰者語皆冷交非熱官丁柴桑詩云秉直司聰於惠百里此乃當官無疑尋詩鍾情於劉過厚於周遺民自隱之餘無間續之在隱之中微婉君與周劉號潯陽三隱校情義稍有淺深是歲宋武帝踐祚

景平元年癸亥宋營陽王

君年五十九顏延之爲始安過潯陽日造飲酣醉臨去留二萬錢送酒家相知久間驟見益驩延之

未審何時來柴桑所謂目爾分居及我多假伊好之洽接簷隣舍當是不詣劉穆之之時又未審何時去柴桑當是爲豫章世子參軍之時據誄參傳略見

元嘉三年丙寅 宋文帝

君年六十二檀道濟爲江州時抱羸疾多瘠餒往候饋以粱肉不受

元嘉四年丁卯

君年六十三有自祭文云律中無射擬挽歌詩云嚴霜九月中送我出遠郊當是杪秋下世顏延之

陳亂倩云千秋以陶詩為閒適乃不知其用意處朱子亦僅謂詠荆軻一篇露本旨自今觀之飲酒擬古貧士讀山海經何非此旨但稍隱耳往味其聲調以為法漢人而體稍近然揆意所存宛轉深曲何嘗不厚語之暫率易者時代為之至於情旨則真十九首之遺也　陶靖節詩如巫峽高秋白雲舒卷木落水清日寒山皎之中長空曳練縈鬱紆迴望者但見素色澄明以為一目可了不知封巖赦(?)壑參差斷續中多靈境又如終南山色遠靚蒼、君尋幽探蹊明分野殊峯陰晴異壑往輒無盡

卓子任云人云詩家視淵明如孔門之視伯夷余曰奚止耶言如視伯夷者以其詩格清高故也其和平沖淡不可以柳下惠視之乎其義理自任不為物撓不可以伊尹視之乎故淵明不惟晉宋時為傑出即有唐以來亦無其倫

誄云視化如歸臨凶若吉藥劑弗嘗禱祠弗恤其臨終高態見誄甚詳君平生好談歸盡蕭統以爲處百齡之内居一世之中倏忽白駒寄寓逆旅與大塊而榮枯隨中和而放蕩豈能勞於憂畏役於人間最知深心形贈影答神釋本趣略見所謂縱浪大化中不喜亦不懼應盡便須盡無復獨多慮惟患不知既已洞知安坐待此夫復何言杜甫許避俗未許達道識者更詳之

靖節襟懷沖淡天趣盎然且經亂世事、俱從憂患中來故其詩皆渾厚而發達語、俱自肺腑流出不煩雕琢自然神味淵永唐宋以來評騭雖多穿鑿不少余素喜讀陶因集諸家評注參以鄙意為讀陶善本嘉慶五年庚申八月望日素村識

黄筆閱後復用紫筆加圈

余評●間有古人佳評皆用黄筆以別之

沈歸愚云淵明以名臣之後際易代之時欲言難言時時寄託不獨詠荊軻一章也六朝第一流人物其詩有不獨步千古者耶鍾嶸謂其原出於應璩成何議論　清遠閒放是其本色而其中自有一段淵深朴茂不可幾及處唐人王儲韋柳諸公學焉而得其性之所近

查云　靄靄四句當平世者不知此語之悲　初白

詩意重首句下三句正言世道人心既已如此不如急早歸隱望之深故不覺其詞之切　意不在酒藉以寄懷　停雲時運榮木等篇情詞古茂神味淵永真能上追三百

陶詩彙注卷一

歙吴瞻泰東巖輯　門人程崟夔州參訂

何義門 查初白 墨筆　卓子任 紫筆　陳龍倩 綠筆
沈歸愚 硃筆

四言

四十八首　又讀史述九章

停雲 并序

託興題古雅此因親友有會仕劉裕者而發　停雲喻親友之懸操　濛雨喻庠小之眾多　表昏喻改革之日　平路阻喻世道之險惡

停雲思親友也罇湛一作酒新醪一作湛園列初榮願言不從歎息彌襟一作深

靄靄停雲濛濛時雨八表同昏平路伊阻靜寄東軒春醪獨撫良朋悠邈搔首延佇

陸沉之嘆

停雲靄靄時雨濛濛八表同昏平陸成江有酒有酒閒飲東窗願言懷人舟車靡從

首四句亦是易代後有所譏刺 查云

卓子任云引喻不晦正意不太露讀去自能令人了了

東園之樹枝條再榮競用(一作朋)新好以招(一作怡)余情人亦有言日月於征安得促席說彼平生(左思蜀都賦 合樽促席)翩翩飛鳥息我庭柯斂翮閒止好聲相和豈無他人念子實多願言不獲抱憾如何

寫鳥甚活

樹感再榮招辭新好達令戀昔情見乎詞

(贍泰)按黃維章稱四首皆欲匡扶世道非但離索思羣也八表同昏平路伊阻平陸成江日月山河交失其恒此復何等景象可乏同心急商匡扶哉園樹雖凋猶有再榮之日世界雖壞豈無再轉之手所以朋愈邈而席愈思促也泰謂尊晉黜宋固淵明一生大節然爲詩詎必乃爾如少陵忠君愛國只北征哀王孫七歌秋興等篇正說此意其餘豈盡貼明皇貴妃安祿山耶停雲四章只思親友同飲不可得託以起興正如老杜騎馬到階除待友不至之意定要說待友來商驅逐安史之事寧有是理哉注中穿鑿者槩從汰

時運 并序

天時如故國運全非撫今感昔能不慨然

時運游暮春也春服既成景物斯和偶影

何云山滌二句含下風字　義門

查云目狂者以靜千古特識

靜持冰項延目中流來寤寐句項感想清沂皆誅目狂者

獨游欣慨交心王棠曰偶則不獨矣所偶者影依然獨也

邁邁時運穆穆良朝襲我春服薄言東郊山滌餘靄宇曖微霄一作餘靄微消有風自南翼彼新苗王棠曰新苗因風而舞若羽翼之狀工於肖物翼字渾樸生動

洋洋平津乃漱乃濯遥遥遐景載欣載矚稱心而言稱心易足一作人亦易足揮茲一觴陶然自樂

延目中流悠悠一作悠想清沂漢志沂水出泰山蓋縣臨樂山南至大邳入泗必有所指童冠齊業閒詠以歸我愛其靜寤寐交揮但恨殊世邈不可追湯東澗曰閒詠以歸我愛其靜靜之爲言謂其無外慕也亦庶乎知浴沂者之心矣

斯晨斯夕言息其廬花藥分列林竹翳如清琴橫

沈云晋人放達陶公有憂勤語有安分語有自任語　黃農之感寄意西山此旨時或流露

何云總角二句斯人豈徒頹然自放者耶

牀濁酒半壺黃唐莫逮慨獨在余［史記］黃帝爲有熊帝堯爲陶唐［又］伯夷傳黃農虞夏忽焉没兮我安適歸矣　欣在春華慨因代變黃農之想旨寄西山命意獨深非僅閒適

浴沂之志尼父已與曾點千載而後復有知己靖節若在聖門與點真一流人物

［維章］曰四首始末迴環首言春二三言游終言息廬此小始末也前二首爲欣後二首爲慨此大始末也邁邁時運逝景難留未欣而慨已先交但憾殊世本之我愛其靜抱慨而欣愈中交此一迴環也載欣則一觴自得人不知樂而我獨樂抱慨則半壺長存人不知慨而我獨慨此又一迴環也序中欣慨交心一語四章隱現布置［汪洪度］曰舉世少真彌縫使淳法洙泗以還羲農公生平大願力對此暮春萬物得所之願觸緒興懷所以旋欣而旋慨也前二首欣後二首慨疆界劃然第三首延目悠悠即下不可追意乃遐想意中之事非實寫目前之樂春風沂水即羲農景象也以一靜字概之是何等胸次寤寐交揮而不可得此興慨之由也第四首不能與民同樂之慨寓一獨字之中比第三首更覺蘊藉

榮木　并序

榮木念將老也日月推遷已復有夏總角

警策浮生不特學問　查云

脂我四句先生豈忘用世者　查云

校茂先勵志言簡情殷

聞道白首無成

奮發有為之志不遂奈何決策歸休又豈得已

采采榮木結根於茲晨耀其華夕已喪之人生若寄（史記夏本紀生寄也死歸也魏文帝詩人生如寄）顦顇有時靜言孔念中心悵而

采采榮木於茲託根繁華朝起慨暮不存貞脆繇人禍福無門匪道曷依匪善奚敦

嗟予小子稟茲固陋徂年既流業不增舊志彼不舍（荀子功在不舍）安此日富（詩一醉日富原注謂自咎其廢學而樂飲云爾）我知（諸本作之）懷矣怛然內疚

先師遺訓余豈云墜四十無聞斯不足畏脂（一作行）我

名車〔詩〕遑脂爾車策我名驥千里雖遥孰敢不至〔趙泉山〕曰元興三年甲辰劉敬宣以破桓歆功遷建威將軍江州刺史鎮潯陽辟靖節參其軍事時年四十也靖節當年抱經濟之器藩輔交辟遭時不競將以振興宗國爲已任回翔十載卒屈於戎幕佐吏用是志不獲騁而良圖弗集明年決策歸休矣〔程崟〕曰四十無聞二句即先師遺訓下文脂車策驥四語正是邁往圖功有孔席不暇暖之意此蓋其初赴建威幕時也陶公具聖賢經濟學問豈放達飲酒人所能窺測

〔維章〕曰四章互相翻洗初首顛頷無可自仗説得氣索次首有善有道可仗説得氣起三首安此日富有道不能依有善不能敦怛然内疚又説得氣索卒章痛自猛厲脂車策驥贖罪無聞何疚之有又説得氣起

贈長沙公族祖 并序

長沙公於余爲族祖同出大司馬昭穆既遠已爲路人經過潯陽臨别贈此〔晉書陶侃傳〕侃字士行鄱陽人持節侍中太尉都督荆江雍梁交廣益寧八州諸軍事荆江二州刺史封長沙郡公薨於樊溪追贈大司馬子瞻爲

蘇峻所害瞻子弘襲侃爵弘卒子綽之嗣綽之卒子延壽嗣宋受禪降爲吳昌侯〔瞻泰〕按〔晉書陶潛傳〕潛大司馬侃之曾孫侃薨成帝下詔追封大司馬而舊注謂大司馬指漢高帝時陶舍謬矣其題曰族祖吳仁傑年譜謂是族孫張縯辯證終是疑團其曰長沙從晉爵也若稱吳昌即非陶公意矣詳年譜下〔宋書〕潯陽縣名因水名縣水南注江

同源分流人易世疎慨然寤歎念茲厥初禮服遂悠歲月眇徂感彼行路眷然躊躇〔楊誠齋〕曰老泉族譜引正淵明詩意而淵明字少意多尤可涵詠

於穆令族允構斯堂〔書〕厥子乃弗肯堂矧肯構諧氣冬暄一作輝映懷圭璋爰采春花載警秋霜〔維章〕曰處順而諧者春暄也處變仍諧者冬暄也至於冬暄無不可睦之族矣家庭雍睦之況四字藏許多蘊藉璋判而圭合映懷圭璋無分不合此收族之法也因冬暄生出春花秋霜爰采者盛於得暄也載警者又懼其傷暄也不有諧也無以致春之盛不有警也無以保冬之諧嗚呼至矣哉

我曰欽哉實宗之光

查云生民之詩追本姜嫄思文之詩郊祀后稷參之以常棣伐木行葦鳧鷖方知作者用意深厚

何云族祖二字衍雖同出大司馬而已在五服之外服盡矣長沙謂淵明爲族祖也傳寫誤衍二字　閻百詩云自昭明誤讀陶命子詩以祖與考係於陶侃之下及作淵明傳遂謂侃乃淵明曾祖其實不然又贈長沙公詩序中長沙公於予爲族。是一句祖同出大司馬大字當作右即漢高時功臣舍也云云按顏延之陶徵士誄云韜此洪族抑彼名級可證此詩序中大司馬斷指士行非漢初開封侯陶舍以右司馬從高祖說右爲大也延之與淵明同時安得云傳文昭明誤讀命子及此二詩乎

淵源春戀四詩克偕

查云此二首東坡缺和詩

沈云可作箴規

伊余云遘，在長忘同。王棠曰淵明年長於長沙公初遘面忘其同出於大司馬也 笑言未以，逝焉西東。遥遥三湘，太平寰宇記湘潭湘鄉湘源爲三湘 滔滔九江。尚書疏行沅漸元辰叙酉澧資湘九江入洞庭湖應劭漢書注江自廬江潯陽分布爲九尋陽地記禹疏九江一烏白江二蚌江三烏江四嘉靡江五畎江六源江七廩江九隄江九箘江張須元緣江圖一三里江二五州江三嘉靡江四烏土江五白蚌江六白烏江七箘江八沙堤江九廬江 山川阻遠，行李時通。左傳行李之往來又亦不使一介行李告於寡若注行李使人也李文正資暇集李古使字訛作李 何以寫心，貽此話言。詩其維哲人告之話言注話言古之善言也 進簣雖微，終焉爲山。敬哉離人，臨路悽然。欵襟或遼，音問其先。

酬丁柴桑原注柴桑潯陽故里元和郡國志柴桑故城在今縣西南二十里

有客有客，爰來爰止。秉直司聰，於惠百里。飡勝如歸，聆善一作矜善一作聆音若始。維章曰名勝之地誰不欣尋然寄趣於是耳眞能托宿當歸者誰乎有入山如歸家永矢不移

斯貞可與貪勝善之始聞孰不欣慕轉念意忌能如初聞之踴躍者誰乎有終身常若始聞反覆無厭斯貞可與聆善二語堪躋於五經

匪惟諧也屢有良由一作游載言載眺以寫我憂放歡一遇既醉還休實欣心期方從我游

答龐參軍并序

龐爲衛軍參軍從江陵使上都過潯陽見贈漢書地理志注江陵故楚郢都年譜上都指建業

衡門之下詩傳衡門橫木爲門古衡橫義通有琴有書載彈載詠爰得我娛豈無他好樂是幽居朝爲灌園高士傳楚王遣使三至於陵聘陳仲子爲相仲子逃去爲人灌園夕偃蓬廬首章惟是自叙据地先勝

人之所寶尚或未珍不有同愛一作好云胡以親我求

良友實邁懷人懽心孔洽棟宇惟〔一作爲〕鄰〔原注〕時新居南里之南村即栗里鄰新居鄰也

伊余懷人欣德孜孜我有旨酒與汝樂之乃陳好言乃著新詩一日不見如何不思

嘉游未斁誓將離分送爾於路銜觴無欣依依舊楚邈邈西雲之子之遠良話曷聞

昔我云别倉庚載鳴〔詩〕春日載陽有鳴倉庚〔毛詩疏〕倉庚一名黄離今也遇之霰雪飄零大藩有命作使上京豈忘晏安王事靡寧

慘慘寒日肅肅其風翩彼方舟容裔江中〔爾雅〕大夫方舟並兩

（語生動）

前半篇序述安雅後半抒寫淋漓安雅爲四古常格其淋漓處筆騰墨飛非漢魏以來所能擬似

舟也〔西都賦〕汰瀺灂兮船容裔〔注〕容裔船行貌曷哉征人在始思終敬兹良辰以保爾躬 通首雋逸輕清

勸農

人能領畧此詩即受先生教養更可作農銘

悠悠上古厥初生人傲然自足抱樸含眞智巧既萌資待靡因誰其贍之實賴哲人〔黄維章〕曰智巧二語含蓄深厚不說如何馴致貧困但曰智巧一萌即資待靡因說得可懼〔王棠〕曰公桃花源詩怡然有餘樂於何勞智慧眞是上古境界當與此參看

哲人伊何時維后稷贍之伊何實曰播殖舜既躬耕禹亦稼穡遠若周典八政始食〔書〕三八政一曰食

熙熙令音〔老子〕衆人熙熙如登春臺猗猗原陸卉木繁榮和風清

穆紛紜士女趨時競逐桑婦宵征農夫野宿

氣節易過和澤難久冀缺携儷（左傳）臼季見冀缺耨其妻饁之敬相待如賓與之歸

甚有致

沮溺結耦相彼賢達猶勤壟畝矧茲衆庶曳裾拱手（王棠）曰末句言不可曳裾拱手也

民生在勤勤則不匱宴安自逸歲暮奚冀儋石不儲（應劭漢書注）齊人名甖爲儋石受一斛（漢書音義）儋一斗之儲饑寒交至顧爾儔列能不懷愧

孔耽道德樊須是鄙董樂琴書田園不履（前漢董仲舒傳）孝景時爲博士下帷講誦三年不窺園若能超然投迹高軌敢不斂衽敬讚德美

言能如孔子董相庶可不務隴畝耳勉人意在言外須取

〔緯章〕曰勸農情理深遠繹其首末光怪萬狀開口傲然自足抱朴含眞智巧既萌資待靡因巧最傷朴者也杜民智巧惟在勸農民農則必朴移風易俗返朴在是歷代作用本領由虞至夏周莫不同意此勸農大淵源三四五章始寔指農事言之舉舜禹稷周作榜樣以勸君相之重農舉冀缺沮溺以勸仕隱之重農竟無一人不在農中矣洗題中勸字周匝無漏末章獨援孔子次及仲舒必勤學而後不暇勸農藉口爲仲舒且未易敢云千古有兩孔子乎以不勸爲深於勸結局最工讚德美卻仍與含眞抱朴相映〔汪洪度〕曰末章歇後語言若果能超然投迹如孔如董即不稼穡我敢不欽衽以敬讚之哉言外見得若不能如孔如董即不得藉口而舍業以嬉也如此作結將前數首實際俱化爲煙雲縹緲矣上接三百下開三唐詩家元氣聚於此

命子詩竟是陶氏家傳人有祖父功德堪述是一樂事人有功德著之于前得子孫文采彰之于後亦一快事陶氏兩得之矣　後人每于孩提之年忽忽及長漫無所成易曰蒙以養正可不慎乎

命子

敘家世六首肯、莊重眞雅頌之音誡子四首句、格言

悠悠我祖爰自陶唐〔原注〕陶氏之先出帝堯陶唐氏邈焉一作爲虞賓歷世重光〔虞書〕虞賓在位〔注〕虞賓丹朱也御龍勤夏豕韋翼商〔原注〕時董父好龍舜命豢龍於陶丘而堯之庶子奉堯之祀於陶丘者或世業豢龍逮夏孔甲時天降雌雄龍二於庭有劉累者實堯之裔累以擾龍事孔甲賜之姓御龍氏龍一雌死

帝既饗復求御龍氏懼遷魯山祝融之後封於豕韋商武丁滅之以封劉累之胄〔左〕襄二十四年范宣子曰昔匄之祖自虞以上爲陶唐氏在夏爲御龍氏在商爲豕韋氏〔注〕豕韋國名東郡白馬縣東南有韋城〔又〕昭二十九年陶唐氏既衰其後有劉累學擾龍於豢龍氏以事孔甲能飲食之夏后嘉之賜氏曰御龍以更豕韋之後

穆穆司徒厥族以昌〔左〕定四年分康叔殷民七族陶氏其一也〔又〕陶叔授民〔杜預注〕陶叔司徒〔原注〕豕韋之後陶氏始經見於此

紛紛戰國漠漠衰周鳳隱於林幽人在丘逸虯遶雲〔說文〕虯龍子有角者奔鯨駭流〔賈誼賦〕橫江湖之鱣鯨〔瓚注〕鯨大者長數里天集有漢眷予愍侯〔史記高祖功臣表〕右司馬開封閔侯陶舍漢五年以中尉擊燕定代

於赫愍侯運當攀龍撫劍夙一作風邁顯茲武功書誓山河啓土開封〔史記高祖功臣表〕封爵之誓曰黃河如帶泰山如礪亹亹丞相允迪前蹤〔史記孝景本紀〕二年以御史大夫開封侯陶青爲丞相

何云於赫六句前漢書高祖功臣表開封愍侯陶舍以右司馬從擊燕代侯子夷侯青嗣　亹亹句前漢書百官公卿表孝景二年八月丁未御史大夫陶青爲丞相七年六月乙巳免

何云漢季稱東漢爲中漢此中晉所本也

渾渾長源蔚蔚洪柯羣川載導衆條載羅〔瞻泰〕按羣川句項長源衆條句項洪柯喻枝派分也時有語默運因隆窊〔說文〕窊汚下也〔前漢功臣表〕右司馬開封愍侯陶舍漢王五年以中尉擊燕代封侯十二年夷侯青嗣孝景中三年節侯偃嗣元光五年侯睢嗣元狩五年坐酎金免元康四年舍玄孫之孫長安公士元始詔復家〔王棠〕曰二句總言陶青之後却包括得妙與前鳳隱於林二句是一樣補筆在我中晉業融長沙

桓桓長沙〔晉書陶侃傳〕太興中進號征南大將軍在軍四十一載位至八州都督封長沙郡公拜大將軍劒履上殿上表固讓疾篤又上表遜位卒謚曰桓伊勳伊德天子疇我專征南國功遂辭歸臨寵不忒一作惑孰謂斯心而近可得〔原註〕言長沙公心期之高遠也

肅矣我祖〔晉書陶潛傳〕潛大司馬侃之曾孫祖茂武昌太守愼終如始直方二臺惠和千里〔原注〕陶茂麟譜以岱爲祖此詩云惠和千里當從晉史以茂爲祖茂爲武昌太守於皇仁考

何云字之求思企孔思也

何云欲其勝父真如孔思也

〔陶茂麟家譜〕父姿城太守生五子

淡焉虚止寄迹風雲冥（一作寘）玆慍喜〔趙泉山曰〕靖節之父史逸其名惟載於陶茂麟家譜其行事亦無從考見惟命子詩曰於皇仁考淡焉虚止寄迹風雲冥玆慍喜其父子風規蓋相類

嗟余寡陋瞻望弗及顧慚華鬢負影隻立三千之罪〔孝經〕五刑之屬三千而罪莫大於不孝

無後爲急我誠念哉呱聞爾泣〔書〕啓呱呱而泣

卜云嘉日占亦良時名汝曰儼字汝求思〔曲禮〕儼若思〔瞻泰〕按年譜命子詩是初得子儼而作正當命名時也故下二章云云後責子詩則儼年已十六矣

溫恭朝夕念玆在玆尚想孔伋庶其企而〔韋玄成詩〕誰謂華高企其齊而誰謂德難厲其庶而

厲夜生子遽而求火〔莊子天地篇〕厲之人半夜生其子遽取火而視之汲汲然惟恐其似已也

凡百有心奚特於我既見其生實欲其可人亦有言

何云末句警儆亦自悼也

何云雖無二句隱曲妻孥雖不如中朝舊侶為多才然真趣則相入也

斯情無假

日居月諸漸免於孩福不虛至禍亦易來夙興夜寐願爾斯才爾之不才亦已焉哉

歸鳥

翼翼歸鳥晨去於林遠之八表近憇雲岑和風不洽翻翮求心（王棠曰求心二字說鳥妙和風而仍不洽從何處知之是陶公寫照語）顧儔相鳴景庇清陰（琢句高翻翮求心此旨大顯）

翼翼歸鳥載翔載飛雖不懷游見林情依遇雲頡頏相鳴而歸遐路誠悠性愛無遺（倦飛知還之意言之悠然）

翼翼歸鳥馴林徘徊豈思天路欣及舊棲雖無昔

沈云亦諧衆聲自有曠懷此是何等品格

何云不曠林而森標則深潛山澤物色不至已起末二句

沈云他人學三百篇痴而重與風雅日遠此不學三百篇清而晩與風雅日近

侶衆聲每諧日夕氣清悠然其懷

翼翼歸鳥戢羽寒條游不曠林宿則森標晨風清

興好音時交矰繳奚施已卷同倦安勞〔史記〕雖有矰繳尚安所施〔沃儀仲〕曰總見當世無可措足不如倦飛知還之爲得也

陶詩彙注卷一

何云此篇言百年忽過行與草木同腐此形必不可恃尚及時行樂下篇反其意不如立善也

三作不為放達之言祇在情理中耐人靜夜讀之百慮俱盡東坡云靖節聞道于此可証

陶詩彙注卷二

歙吴瞻泰東巖輯　門人程崟夔州叅訂

五言

一百十三首　統共四言五言計一百六十九首

形影神

貴賤賢愚莫不營營以惜生斯甚惑焉故極陳形影之苦言神辨自然以釋之好事君子共取其心焉

形贈影

天地長不沒山川無改時草木得常理霜露榮悴之謂人最靈智【書】惟人萬物之靈獨復不如茲【瞻泰】按天地山川草木皆形也皆能

陶詩彙注 卷二

長久獨人之形不如悽楚可憐

適見在世中奄去靡歸期奚覺無一人

奄去奚覺二字皆斷句 挽公挽辭有得失不復知是非 奚能覺之語 奚覺謂人已死而猶能覺者

親識豈相思但餘平生物舉目情悽洏我無騰化術必爾不復疑

〔瞻泰〕按適見在世中以下六句凄絶奚覺者知覺之覺謂死而無所覺也說到親識皆無足恃惟形與影相弔耳必爾不復疑頌影也而形之自悲不堪言矣

願君取吾言得酒莫苟辭

〔王棠〕曰此首以飲酒爲主

先作放達語、皆生動

影答形

存生不可言衛生每苦拙誠願游崑華邈然茲道絶

〔瞻泰〕按首二句是影卸責語形滅則影滅影不能代形存生則衛生之計亦拙矣二句可該一部南華影不能獨游徒虛願耳茲道安得不絶耶故下文皆言影不能與形異也

與子相遇來未嘗異悲悅

〔黄維章〕曰形笑影亦笑形哭影亦哭悲悅一字善狀

憩蔭若暫乖止日終不別比

一作此

同既難常

查云爾字指適見以下六句而言必爾者謂必然而無疑註云頌影非是

[illegible]曰勸影以耽酣酒幻致奇情願君取吾言惟恐其不我許也層叠無限

道字頂上術字來

黄文煥曰開口四語爲影謝撥所苦形滅則影滅影不能代形以存生豈惟不可言并衛生亦苦無術焉影不能自遊待形而遊願字趣絶字苦

查云此同二句 明于死生之故能言其所以然

何云此篇言縱欲足以伐生求名猶爲顧外但委運以全吾神則死而不忘與天地俱永也

黯爾俱時滅（程箋曰黯蔭四句刻畫影字深至而跌宕）身沒名亦盡念之五情熱（曹子建上責躬應詔詩表五情愧赧謂喜怒哀樂怨也莊子我其內熱與）立善有遺愛（左傳古之遺愛）胡爲不自竭酒云能消憂（魏武帝短歌行何以解憂惟有杜康）方此詎不劣（王棠曰此首以立善爲主汪洪度曰形贈影乃揮杯勸影之言影荅形言飲酒不如立善之爲正皆從無可奈何中各想一消遣之法設兩造以待神爲次以正論相格之釋也）

神釋

大鈞無私力（前漢賈誼傳大鈞播物應劭曰陰陽造化如鈞之造物）萬理自森著人爲三才中豈不以我故與君雖異物生而相依附結託善惡同安得不相語三皇大聖人今復在何處彭祖壽永年（一作愛壽年神仙傳彭祖姓籛名鏗顓頊孫歷虞夏周七百餘歲善導引行氣王逸曰彭祖八百

日醉二句對首篇 何云 立善二句對次篇何云

黃曰委運二字是三篇結穴縱浪四句正寫委運之妙歸于自然

查云應盡句 王摩詰云忽呼吾將行寧俟歲云暮正得先生應盡便須盡之意

猶悔不壽憾枕高而唾遠也欲留不得住老少同一死賢愚無復數日醉或能忘將非促齡具立善常所欣誰當爲汝譽〔維章〕曰大聖何在釋影荅立善語彭祖留不住釋形贈奄去語老少又釋形贈語賢愚又釋影荅語日醉又釋形贈得酒莫苟辭語立善又釋影荅遺愛語遞分層說誰汝譽打斷名根使人猛省甚念傷吾生正宜委運去〔瞻泰〕按委運二字是三篇結穴縱浪四句正寫委運之妙歸於自然

孔云此聽天俟命之與言也故生亦無可喜死亦無所懼焉

縱浪大化中不喜亦不懼應盡便須盡無復獨多慮末乃歸之寔無斬引而深章法條次理語矯健不同宋人公固從漢調中脫化而出

〔周公謹〕曰靖節作形影相贈神釋之詩謂貴賤賢愚莫不營營惜生故極陳形影之苦而神辨自然以釋其惑形贈影曰願君取吾言得酒莫苟辭影荅形曰立善有遺愛胡可不自竭形累養而欲飲影役名而求善皆惜生之惑也神乃釋之曰大鈞無私力萬物自森著人爲三才中豈不以我故此神自謂也又曰日醉或能忘將非促齡具所以辨養之累又曰立善常所忻誰當與汝譽所以解名之役然亦僅在於促齡與無譽而已設使爲善見知飲酒得壽則將從之耶於是又極其釋曰縱浪大化中不喜亦不懼應盡便須盡無事勿多慮此乃不以死生禍福

動其心泰然委順乃得神之自然者也坡翁從而反之曰子知神非形何復異人天豈惟三才中所在靡不然又云委順憂傷生憂死生亦還縱浪大化中正爲化所纏應盡便須盡寧復俟此言白樂天因之作心問身詩云心問身云何泰然嚴冬暖被日高眠放君快活知恩否不早朝來十一年身荅心曰心是身主身是宮君今居在我宮中是君家舍君須愛何事論恩自說功心復荅身曰因我疎慵休罷早遣君安樂歲時多世間老苦人何限不放君閑奈我何此則以心爲吾一身之君而身乃心之役也坡翁又從而賦六言曰淵明形神自我樂天身心於物而今月下三人他日當成幾佛然二公之説雖不同而皆祖之列子力命之論力謂命曰若之功奚若我哉命曰汝奚功於物而欲比朕力曰壽夭窮達貴賤貧富我力所能也命遂歷陳彭祖之壽顏淵之夭仲尼之困殷紂之君季札無爵於吳田恒專有齊國夷齊之餓季氏之富若是汝力之所能奈何壽彼而夭此窮聖而達逆賤賢而貴愚貧善而富惡耶力曰若如是言我固無功於物而物若此耶此則若之所制耶命曰既謂之命奈何有制之者朕直而推之曲而任之自壽自夭自窮自達自貴自賤自富自貧朕豈能識之哉此葢言壽夭窮達貧賤富貴雖曰莫非天命而亦非造物者所能制之直付之自然耳此則淵明神釋所謂大鈞無私力之論也其後楊龜山有讀東坡和陶影荅形詩曰君如煙上火火盡君乃別我如鏡中像鏡壞我不滅葢言影因形而有無是生滅相故佛云一切有爲法如夢幻泡影正言其非真也何謂不滅

世短意常多誰人能悟誰人能醒

陶詩何嘗不煉

此則又墮虛無之論矣〔鶴林〕曰人爲三才中豈不以我故我神自謂也人與天地竝立而爲三以此心之神也若塊然血肉豈足以并天地哉末縱浪大化中四句是不以死生禍福動其心泰然委順養神之道也淵明可謂知道之士矣

九日閒居

余閒居愛重九之名秋菊盈園而持醪靡由空服九華寄懷於言

世短意常多〔原注〕古詩人生不滿百常懷千歲憂而淵明以五字盡之東坡意長日月促則倒轉陶句耳斯人樂久生日月依辰至舉俗愛其名〔周語〕辰在斗柄〔注〕辰日月之會是日月合辰〔原注〕依辰至謂日與月之數皆九也〔魏文帝九日與鍾繇書〕九者久也俗以日月并應宜於長久故以饗燕高會露淒暄風息氣澈天象明往燕無遺影〔瞻泰〕按月令仲秋之月元鳥歸今九月矣故曰無遺影來鴈有餘聲〔月令〕仲秋之月鴻鴈來賓酒能祛百慮菊解一作爲制頹齡

沈云世短意常多即所云生年不滿百常懷千歲憂也鍊得更簡更遒後人得古人片言便衍作數語

高尚之士强入塵網復浮還初心樂雖比擬靖節八十日彭澤想同羈鳥池魚也

一幅村居圖

魏文帝九日與鍾繇書曰是日也芳菊紛然獨榮輔體延年莫斯爲貴謹奉一束以助彭祖之術如何蓬廬士空視時運傾（蟾泰）按空視時運傾與寒花徒自榮皆因無酒而發正點明持醪無由四字也原注謂指易代之事失其旨趣塵爵恥虛罍（詩）缾之罄矣維罍之恥寒花徒自榮斂襟獨閒謡緬然起深情棲遲固多娛淹留豈無成（原注）淹留無成騷人語也今反之謂不得於彼則得於此後棲遲詎爲拙亦同

歸田園居五首（吳斗南年譜）義熙二年彭澤歸所作

少無適俗韻性本愛丘山誤落塵網中一去三十年（年譜）太元癸卯公仕爲州祭酒至義熙乙巳終甲子一周不應云三十年當作一去十三年羈鳥戀舊林池魚思故淵開荒南野一作畝際守拙歸園田方宅十餘畝草屋八九間榆柳蔭後簷一作園桃李羅堂前曖曖

曖曖依依景色生動

査云復得句返自然三字道盡歸田之樂可知塵網卒卒事事俱違本性矣

査云王儲田家詩根發由此

虛室句惟學[redacted]者知之否則六合内外無不羅列方寸矣

體認得真方不違願

陶詩彙注　卷二　四

遠人村。依依墟里煙。狗吠深巷中。雞鳴桑樹巔。〔樂錄雞鳴篇〕雞鳴高樹巔犬吠深巷中〔捫蝨新語〕淵明犬吠深巷中二句當與豳風七月相表裏　户庭無塵雜。虛室有餘閒。久在樊籠裏。復得返自然。〔沃儀仲〕曰返自然句如負重乍釋四體皆暢

野外罕人事。窮巷寡輪鞅。〔漢書〕陳平負郭窮巷以席為門門外多長者車轍　白日掩荊扉。虛室一作對酒絕塵想。時復墟曲中。一作里人披草一作共衣來往。相見無雜言。但道桑麻長。桑麻日已長。我土日已廣。一作志誤常恐霜霰至。零落同草莽。淡永有十九篇風度

種豆南山下。草盛豆苗稀。〔前漢楊惲傳〕田彼南山蕪穢不治種一頃豆落而為萁人生行樂耳須富貴何時　晨興理荒穢。帶月荷鋤歸。道狹草木長。夕露沾我衣。衣沾不足惜。但使願無違。〔東坡〕曰以夕露沾衣之故而違其所願多矣

查云人生句　先生精於釋理但不入社耳

查云此詩入文選亦以為江淹作

沈云儲王極力擬之然終似微隔厚處朴處不能到也

棠曰願即歸田園之願也非一結本旨不出

久去山澤游，浪莽林野娛。試攜子姪輩，披榛步荒墟。徘徊丘壟閒，依依昔人居。井竈有遺處，桑竹殘朽株（一作樹木殘根株）。借問採薪者，此人皆焉如。薪者向我言，死没無復餘。一世異朝市，此語眞不虛。人生似幻化，終當歸虛（一作空）無。

悵恨獨策還，崎嶇歷榛曲。小澗清且淺，可（一作遇）以濯吾足。漉我新熟酒（瞻泰按公本傳醸熟取頭上葛巾漉酒漉瀝也），隻雞招近局（一作屬）。日入室中暗，荊薪代明燭。歡來苦夕短，已復至天旭。

問來使

爾從山中來早晚發天目我屋南窓下今生幾叢菊薔薇葉已抽秋蘭氣當馥歸去來山中山中酒應熟　查云此首東坡缺和或以爲非陶作然太白詩云陶令歸去來田家酒應熟正用此篇結可疑也

查云曾城即落星石南阜即匡廬註中遠引崑崙縣圃與題無涉

（黃維章）曰園田諸首最有次第其一爲初歸花樹鷄犬瑣屑詳數恰見去忙就閒極平之景各生趣味次言鄉里來往相見無雜言一切出仕應俗之苦不復入耳目矣三言苗稀草盛道狹露多亦自有田園苦況而願既無違衣不足惜自解自歎與受俗宦苦寧受此苦稱停輕重較量有致四問采薪慨然於鄉里存没之感五言獨策復還荆薪代燭田園中眞景寔事令人蕭然悠然前三首以入俗之苦形歸居之樂此從田園外回頭也後二首以鄰里之死形獨游之歡此從田園中再加鞭也

游斜川 并序

辛丑歲正月五日天氣澄和風物閒美與二三鄰曲同游斜川臨長流望曾城魴鯉躍鱗於將夕水鷗乘和以翻飛彼南阜者名實舊矣不復乃爲嗟嘆若夫曾城（原注曾城落星寺也）（淮南子）崑崙中有增城九重（注）中有五城十二樓（天問）崑崙縣圃其凥安在增城九重其高幾里　傍無依

礼案晋安帝隆安五年辛丑時公年已三十有七歲矣故曰吾生行歸休倏五日者正以感其時之速也

選字命語自是晉人後段清音曠遠

緬然睇曾丘與悠然見南山句正相似　楚語緬然引領南望。註思貌

接獨秀中皐遥想靈山有愛嘉名欣對不足率爾賦詩悲日月之遂往悼吾年之不留各疏年紀鄉里以記其時日

開歲倏五日（一作十）吾生行歸休念之動中懷及辰爲茲游氣和天惟澄班坐依遠流弱湍馳文魴（維章曰弱湍字奇湍壯則魚避至於漸緩而勢弱魚斯敢於馳矣）閒谷矯鳴鷗。迴澤散遊目緬然睇曾丘雖微九重秀顧瞻無匹儔提壺接賓侶引滿更獻酬未知從今去當復如此不中觴（一作腸）縱遥情忘彼千載憂且極今朝樂明日非所求（維章曰未知當復遠計他日末却云不求明日章法互掃翻變）

何云道喪四句上二句一揚下二句一抑

〔原注〕辛丑歲靖節年三十七詩曰開歲倏五十乃義熙十年甲寅以詩語證之序爲誤今作開歲倏五日則與序中正月五日相貫〔瞻泰〕按詩與序原相符別本有倏五十之訛吳斗南年譜遂易辛丑爲辛酉以應其年然公辛酉歲已五十七與詩不合或又疑辛亥以公年四十七故言開歲云耳此皆以文害詞也余獨怪東坡解人其和此篇亦云雖過靖節年未失斜川游爲後人口實也

示周續之祖企謝景夷三郎〔宋書〕周續之字道祖雁門廣武人入廬山與劉遺民陶淵明謂之潯陽三隱江州刺史每相招請續之不尚峻節頗從之游高祖北討世子居守迎續之館於安樂寺講禮月餘高祖踐祚召之開館東郭外招集生徒乘輿降幸諸生問禮記辨析精奥稱爲該通

負痾頹簷下終日無一欣藥石有時閒念我意中人相去不尋常道路邈何一作無因周生述孔業祖謝響然臻〔孔融薦禰衡表〕羣士響臻道喪向千載今朝復斯聞馬隊非講肆〔本傳〕刺史劉韶苦請續之出州與學士祖企謝景夷三人共在城北講禮加以校讎所住公廨近於馬隊較書

詩似有冷譏然曰念我意中人又曰思與爾為鄰語意真切又不似譏諷

何云從我句魯兩生不肯起從漢高況見此季代篡奪乎故勸之從我為箕潁之遊也

沈云不必看作設言愈妙　結言學道少陵受人一飯終身不忘俱古人不可及處

何云漂母二句雲起龍驤非我所處矣

初為飢驅而出心中漫無所適及叩門覺為謀食而來故拙于言辭且不肩有所請在主人辭意授餐至飲酒賦詩恩露本色云冥報以相貽即是拙言辭處

何云銜戢二句胸中亦將以有為也冥報相貽則不事二姓以遺逸終焉之志亦已久矣

亦已勤老夫有所愛思與爾爲鄰願言誨諸子從我潁水濱水經注潁水出潁川陽城縣西北少室山莊子許由逃箕山洗耳於潁水趙泉山曰靖節不事覲謁惟至田舍及廬山舍是無他適續之白社主遠公順寂之後雖隱居廬山而州將每相招引頗從之游世號通隱是以詩中引箕潁之事微譏之

乞食

感子漂母惠四句即所歎之詩與後春風扇微和章法獨創

饑來驅我去不知竟何之行行至斯里叩門拙言辭主人解余意遺贈豈虛來一作副虛期談話終日夕觴至輒傾杯一作巵情欣新知歡言詠遂賦詩感子漂母惠愧我非韓才史記淮陰侯傳信釣於城下諸母漂有一母見信飢飯信信曰吾必有以重報母母怒曰大丈夫不能自食吾哀王孫而進食豈望報乎銜戢知何謝冥報以相貽

諸人共遊周家墓柏下

今日天氣佳清吹與鳴彈感彼柏下人安得不爲歡清歌散新聲綠酒開芳顔未知明日事余襟良已殫

三四豈止承上啟下爲古詩格律上乘

怨詩楚調示龐主簿鄧治中〔唐書樂志〕漢世三調有楚調漢房中樂也高帝樂楚聲故房中樂皆楚聲〔王僧虔技録〕楚調曲有怨詩行〔原注〕龐遵鄧未詳

天道幽且遠鬼神茫昧然結髪念善事僶俛六九年〔陸機文賦〕杜有無而僶俛〔詩〕黽勉告勞〔廣雅〕曰力所不堪心所不欲而勉強爲之曰黽本作黽勉〔文選注〕僶仰首俛俯首〔瞻泰〕按六九年爲五十四歲正義熙十四年戊午去戊申十年也是歲劉裕弑帝於東堂弱冠逢世阻始室喪其偏〔年譜〕公三十歲太元二十年妻卒繼娶翟氏炎火屢焚如〔瞻泰〕按公詩有戊午歲六月中遇火此云屢焚如則失火非一矣螟蜮恣中田〔詩〕去其螟螣〔鄭注〕螟極纖細在苗心若木蠹然〔説文〕螟食葉〔左莊十八年〕秋有蜮〔注〕含沙射人爲灾蜮短狐也〔本草〕射工

何云收斂句 毛詩一夫之居曰㕓

古今同慨少陵千秋萬歲名寂寞身後事亦足此意

螽别名非食苗虫風雨縱横至王棠曰縱横二字責風雨切甚收斂不盈廛夏日長抱一作抱長饑寒夜無被眠造夕思鷄鳴及晨願烏遷淮南子日中有踆烏王棠曰無被求天明無食求日短極苦之情幻出奇想在己何怨天離憂悽目前吁嗟身後名晉張翰傳使我有身後名不如及時一杯酒於我若浮煙慷慨獨悲歌鍾期信爲賢韓詩外傳伯牙鼓琴志在太山子期曰巍巍乎若太山志在流水子期曰洋洋乎若流水子期死伯牙絶絃不復鼓琴

維章曰含沙之蜮非害稼之蝨亦同恣中田人間意外之事何所不至受戕於物冀獲祐於天風雨縱横天人交困之事復無所不有題中怨詩楚調四字寫得淋漓喪室至烏遷疊寫苦況無所不怨忽截一語曰在己何怨天又無一可怨何怨後復説憂悽目前又無一不怨矣章法奇幻瞻泰按此詩作於義熙十四年憂怨百端説不出而託言知音之不可得也

答龐參軍 并序

三復來貺欲罷不能自爾鄰曲冬夏再交欵然良對忽成舊游俗諺云數面成親舊況情過此者乎人事好乖便當語離楊公〔原注〕楊永也所歎豈惟常悲吾抱疾多年不復爲文本既不豐復老病繼之輒依周孔往復之義且爲別後相思之資

相知何必舊傾蓋定前言〔家語〕孔子之郯遇程子於途傾蓋而語〔古諺〕白頭如新傾蓋如故有客賞我趣每每顧林園談諧無俗調所說聖人篇或有數斗一作㪷酒閒飲自歡然我實幽居士無復東西緣物新人惟舊〔書說命〕人惟求舊器非求舊惟新弱豪毫同多所宣

情通萬里外〔王粲〕口弱豪筆也言筆能宣我情於萬里之外也　形跡滯江山君其愛體素〔曹植詩〕王其愛玉體　來會在何年〔贍泰〕按一結與序中老病相映故望龐來會也章法極密

五月旦作和戴主簿

虛舟縱逸棹回復遂無窮〔莊子〕方舟濟河有虛船來觸舟雖有褊心之人不怒〔維章〕曰水游曲折情景如畫五字可當木嬉一賦　發歲始俯仰星紀奄將中〔贍泰〕按〔月令〕春昏弧中夏昏亢中秋昏牽牛中冬昏壁中今方五月旦故曰奄將中也　明兩萃時物〔易〕明兩作〔梅鼎祚〕曰夏火之候也一云南窓罕悴物　北林榮且豐神淵寫時雨晨色奏景風〔易緯〕夏至景風至〔淮南子〕清明風至四十五日景風至〔注〕離卦之風也　既來孰不去人理固有終居常待其盡曲肱豈傷沖〔玉篇〕沖虛也〔莊子〕道沖而用之淵乎若萬物之宗　遷化或夷險肆志無窊隆〔說文〕窊污下也　即事如已高何必升華嵩

試酌六句乃陶述故老贈酒之詞且并自矜其酒之美好也從來注家都解作淵明語便無味且前後脉絡不相貫一經改正頓覺起結有力含蘊無窮

何云句句折

飲者不解此詩義理可以無飲

秋案此詩乃公於連雨獨酌時心有所感咏此以喻志也陶之愛酒有所託意故老不知乃辭以得仙為勸是豈知陶之心者哉故開首即云運生會歸盡末言形骸久已化蓋其心另有所在不欲以松喬自比故曰心在復何言

卜地重在結隣得商確古今為上寬廣湫隘不必計也詩意真篤

陶詩彙注　卷二

連雨獨飲

天豈去此哉言天亦不能去酒真香：醉夢之天矣齊東野語　令人解頤

運生會歸盡，終古謂之然。世間有松喬，於今定何聞。故老贈余酒，乃言飲得仙。試酌百情遠，重觴忽忘天。天豈去此哉，一云天際。任眞無所先。【維章】曰曰忘天曰天豈去曰無所先三語三換意

雲鶴有奇翼，八表須臾還。自我抱茲獨，僶俛四十年。形骸久已化，【莊子】今子與我游於形骸之內心在復何言。

閑別本作聞

忽忘天三字無理之語却得酒中三昧

自一作顧

移居二首

【年譜】義熙六年公徙居南里之南村【江州志】本居山南之上京後遇火徙此

昔欲居南村，【原注】南村即栗里非爲卜其宅。聞多素心人，樂與數晨夕。【瞻泰】按數字讀上聲作入聲解非【維章】曰數屈指互數也從前之晨夕作何虛度從後之晨夕作何消遣一字包有諸義

懷此頗有年，今日從茲役。弊廬何必廣，取足蔽牀

何云農務句　挿此句起結處　此理句言
勝絕惟此也
起句韻極靖節難到處正在此等

真率淋漓以興筆行達旨此陶公所為擅
場如此詩乃真漢人

席鄰曲時時來（原注）鄰曲指顏延之殷景仁龐通之輩　抗言談在昔奇文共欣賞疑義相與析　其言藹如

春秋多佳日登高賦新詩過門更相呼有酒斟酌之農務各自歸閒暇輒相思相思則披衣言笑無厭時此理將不勝無爲忽去茲（原注）勝任也言此樂不可勝無爲舍而去之　衣食當須紀（一作幾）力耕不吾欺　不勝猶言最不勝也

和劉柴桑（原注）遺民嘗作柴桑令（蓮社十八賢傳）劉程之字思仲彭城人俗以其不屈旌號曰遺民與雷次宗周續之宗炳張詮畢穎之等同來廬山於西林澗北別立禪坊養志安貧精研　理（碧湖雜記）遺民與陶淵明周續之隱於柴桑稱潯陽三隱（宋書周續之傳）劉遺民遁跡廬山

山澤久見招胡事乃躊躇直爲親舊故未忍言索

奇當讀如奇偶之奇言孤懷也

劉遺民或有女無男

何云歲月句我棄世、亦棄我也

沈云弱女非男喻酒之薄也

居〔禮〕子夏曰吾離羣而索居亦已久矣 良辰入奇懷挈杖還西廬〔原注〕時遺民約靖節廬山結白蓮社靖節雅不欲預社但時復往還於廬阜間〔廬阜雜記〕遠師結白蓮社以書招淵明陶曰弟子性嗜酒許飲即往矣遠許之勉令入社陶攢眉而去 荒塗無歸人〔董仲舒士不遇賦〕懼荒塗而難踐〔王粲詩〕蔚矣荒塗 時時見廢墟茅茨已就治新疇復應畬〔爾雅〕田三歲曰畬 谷風轉淒薄〔爾雅〕東風謂之谷風 春醪解饑劬弱女雖非男慰情良勝無栖栖世中事歲月共相疎耕織稱其用過此奚所須去去百年外身名同翳如

〔贍泰〕按趙泉山以弱女喻酒之醨薄為巧於處窮王棠謂谷風以下實寫情事柴桑有女無男潛心白業酒亦不飲想必以無男為憾故公以達者之言解之泰謂此詩為廬山無酒而發也良辰入奇懷高興勃發挈杖還西廬意趣索然為無酒也十字合看益見其妙起句所云久見招乃躊躇良為此耳春醪解飢劬於歸塗道出本懷乃一篇立意處而下即緊接弱女二句正詩之比體也則指酒為順且下文日月相疎悲

欝字養字是晉人用字勝三居處

唐人語近故熟晉人語不近故生欲得生而不强生則古不强則穩五古之法如此　園蔬四句語皆生雋　弱子二句趣遠、望雲别有古心

音凄楚使無酒遣懷將與鬼伯隣矣安得不身名翳如哉

酬劉柴桑　可與莊子並讀

窮居寡人用時忘四運周櫚一作空庭多落葉慨然知已秋新葵鬱北牖嘉穟養南疇今我不爲樂知有來歲不命室攜童弱良日登遠遊

瞻泰按此詩是靖節樂天之學寡人用則與天爲徒矣天之四運周舉相忘於天也落葉知秋始知時序一周正善寫忘字新葵嘉穗皆秋景一結正見及時行樂也

和郭主簿二首

藹藹堂前林中夏貯清陰凱風因時來爾雅南風曰凱風回飈開我襟息交游閒業一作逝閒臥臥一作坐起弄書琴園蔬

沈云過足非所欽與過此奚所須知足要言一結悠然不盡

何云末二句富貴非我願帝鄉不可期所謂望雲懷古蓋西方之思也懷安止足皆遯詞自晦耳

有餘滋舊穀猶儲今營已良有極過足非所欽（維章）曰未知其極故營營不止已過而猶未足早定有極則易知過矣元亮何曾有過時所營者少則少許之外誰非過足者最堪醒人春秋作美酒（孫炎爾雅注）秫黏粟（蘇恭）曰粟稉爲秫北土以釀酒（急就章注）杜康作秫酒酒熟吾自斟弱子戲我側學語未成音此事眞復樂聊用忘華簪遥遥望白雲懷古一何深

似别有寄託

（瞻泰）按藹藹四句林棲有託息交四句食用有資皆營已也春秋以下俱自足語天眞爛熳與采菊東籬下悠然見南山同一灑落學語未成音家常語使人味之意怡

和澤周三春清涼素（一作華）秋節露凝無游氛天高風（一作肅）景澈陵岑聳逸峰遥瞻皆奇絶（維章）曰游氛少則半空無所障蔽天加一倍矣山亦加一倍矣高字聳字承頂秋意最爲逗現

二句從遥瞻二字來

芳菊開林耀青松冠巖列懷此貞

秀姿卓爲霜下傑銜觴念幽人千載撫爾訣維章曰爾指松菊千載之内幽人不可見但與此霜傑永訣耳語傲而悽簡素不獲展厭厭竟良月

於王撫軍座送客宋書王弘傳弘字元休琅邪臨沂人義熙十四年遷監江州豫州之西陽新蔡二郡諸軍事撫軍將軍江州刺史原注庾登之爲西陽太守被徵還都謝瞻爲豫章太守將赴都王弘送至湓口賦詩敘別是必元休要公預席餞行晉書本傳刺史王弘以元熙中臨州自造焉潛稱疾不見弘每令人候之密知當往廬山乃遣其故人龐通之等齎酒先於半道邀之弘乃出與相見歡宴窮日要之還州

秋日淒且厲百卉具已腓詩秋日淒淒百卉具腓爰以履霜節登高餞將歸宋玉九辯登高臨水送將歸寒氣冒山澤游雲倏無依洲渚思一作四緬邈風水互一作正乖違瞻夕欲良讌離言聿云悲晨鳥暮來還懸車斂餘輝淮南子日至於悲泉爰止其女爰息其馬是謂

何云方熊曰殷已爲太尉參軍而仍稱之曰晉安蓋先作長史掾者晉所命也題即有意

查云語默句　情辭婉轉

何云語默句　不曰出處而曰語默公之遜詞也

何云悠悠句　東下

縣車逝一作游止判殊路旋駕悵遲遲【汪洪度】曰客指庾與謝也一被徵一爲豫章太守皆宋武帝時出仕之人所謂逝也已獨閒居所謂止也殊路從此判然安知嵇駕何日哉微露其意妙在不覺目送回舟遠情隨萬化遺

與殷晉安別【原注】景仁名鐵【贍泰】按【宋書】景仁陳郡長平人無名鐵之說

殷先作晉安南府長史掾因居潯陽後作太尉【原注】劉裕參軍移家東下作此以贈

游好非久一作少長一遇盡殷勤信宿酬清話益復知爲親去歲家南里薄作少時鄰負杖肆游從淹留忘宵晨語默自殊勢亦知當乖分未謂事已及興言在茲春飄飄西來風悠悠東去雲山川千里外

何云良才二句　應語默

沈云參軍已為宋臣矣題仍以前朝官名之題
目便不苟且　才華不隱世何等周旋所云
故者無失其為故也即此見古人忠厚

何云首二句托意非常

言笑難爲因良才不隱世江湖多賤貧脫有經過
便念來存故人
〔方熊〕曰殷先作者晉臣與公同時後作者宋臣與公殊調篇中語極低徊朋好仍敦而異趣難一也題中不稱殷參軍仍稱殷晉安便有意瞻
〔泰〕按〔宋書〕殷景仁初爲劉毅後軍參軍太尉行參軍無晉安南府長史掾之語但景仁仕宋最顯陶公之時已知其爲人故詩中曲折爲殷回護低徊頓挫厚於故人也前曰殊勢後曰良才深於爲殷出脫〔洪度〕曰此首意極嚴而辭極渾厚信宿而知爲可親淹留而知其事乖則其人品可見

贈羊長史

左軍羊長史銜使秦川作此與之〔劉坦之〕曰義熙十三年太尉劉裕伐秦破長安秦主姚泓詣建康受誅時左將軍朱齡石遣長史羊松齡往關中稱賀

愚生三季後〔國語〕三季王之亡宜也〔韋昭〕曰季末也三季王桀紂幽王也〔漢敘傳〕三季之後〔注〕三代之末　慨然

何云得知六句　言僅以書知之餘迹向者未之見也

何云九域二句　逸興高騫　義熙十三年八月平姚泓

此詩蓋諷羊長史當急流歸隱不當銜命

秦欲平關洛也故有路若經商山爲我……著之句

念黄虞〔史記伯夷傳〕黄農虞夏忽焉没兮　得知千載外正賴古人書聖賢留餘跡事事在中都〔原注〕洛晉之故都長安乃秦漢所都劉坦之曰中都中州　豈忘游心目關河不可踰〔戰國策〕秦地被山帶河四塞以爲固　九域甫已以一逝將理舟輿聞君當先邁負痾不獲俱〔原注〕宋公裕始平一燕秦時松齡衙左將軍朱齡石之命詣裕行府賀平關洛　原詩意靖節初欲從松齡訪關洛會病不果行　路若經商山爲我少躊躇多謝綺與甪精爽今何如紫芝誰復采深谷久應蕪駟馬無貰患貧賤有交娛〔于道志〕商洛山在商縣東南九十里〔高士傳〕秦始皇時四皓共隱商洛〔三輔舊事〕漢惠帝爲四皓立碑一曰東園公一曰綺里季一曰夏黄公一曰甪里先生〔古今樂録〕四皓隱居高祖聘之不出作歌曰漠漠高山深谷逶迤曄曄紫芝可以療飢唐虞世遠吾將何歸駟馬高蓋其憂甚大富貴之畏人兮不若貧賤之肆志湯東澗曰天下分裂中州賢聖之跡不可得見今九土既一則五帝之所建三王之所爭宜當首訪而獨謝商山之人何哉蓋南北雖合而世代將易但當與

世絶俗傲中……之一所爲其云游目者託詞也

亦是藉言非眞負痾也

九域句是慣詞非幸詞讀後人乖運見誅句和盤托出矣

何云擁懷二句　始皇雖一九域四皓逃之此篇所以嘆武羅於羿奡之域想王躅於亡齊之境聊以寄其難言之隱也

綺角游耳遠矣深哉〔沃儀仲〕曰四皓不肯輕出元亮不肯終仕後人即前人精爽也今何如是自許語〔瞻泰按〕企念在黃農之聖賢自寓在商山之四皓聞之古者如彼見之今者如此此心曲所由結也起止脉絡一線慨嘆淋漓古今兩字遙對

清謡結心曲〔詩秦風亂我心曲

人乖運見疎擁懷累代下言盡一作素意不舒

通篇結穴　一句道盡已意言外正以諷羊長史也

清謡雖結心曲而世過事非是亦無可如何者已慨念黃虞能不擁乎我生也晚之懷言盡而意不舒蓋亦莫我知也之意

歲暮和張常侍

市朝悽舊人驟驥感悲泉〔原注〕驟驥言白駒之過隙〔劉坦之〕曰驟驥謂日駕悲泉日入處也淮南子日至悲泉爰息其馬是謂縣車此蓋借以喻乘輿之駕馬也

明旦非今日歲暮余何言〔瞻泰按〕〔資治通鑑〕義熙十四年十二月宋公劉裕弒帝於東堂故二句云云深慨之也

素顏斂光潤白髮一已繁濶哉秦穆談旅力豈未愆〔書秦誓〕旅力既愆

向夕長風起寒雲没西山厲厲氣遂嚴紛紛飛鳥還民生鮮長在〔詩〕鮮民之生不如死之久矣

矧伊愁苦纏屢闕清酤至〔詩〕既載清酤〔毛

何云窮通[illegible]句　民生多以愁苦自賊若自以年至氣衰窮通不一關其慮久矣然亦有撫已慨然者則冉冉老至脩名不立也

傳酒也〔又〕無酒酤我〔說文〕一宿酒也　無以樂當年窮通靡攸慮顦顇由化遷撫已有深懷履運增慨然〔瞻泰〕按起結明說易代前曰淒曰感曰愁苦曰無以樂窮通之慮深矣忽又曰靡攸慮故作一折以歸於遷化結又曰增慨然自悲自解已復自悲市朝舊人聲聲嘆奈何矣民生鮮常在翻用詩語感憤之極

此等衷曲恒見于言而力不逮志不遂付之長歎而已

和胡西曹示顧賊曹〔瞻泰〕按〔晉書職官志〕西曹賊曹皆諸公及開府位從公者官屬

蕤賓五月中〔月令〕仲夏之月律中蕤賓〔史記律書〕陰氣幼少故曰蕤痿陽不用事故曰賓　清朝起南一作颸不駛亦不遲飄飄吹我衣重雲蔽白日閒雨紛微微流目視西園曄曄榮紫葵於今甚可愛奈何當復衰一云當樂行復衰　感物願及時每恨靡所揮悠悠待秋稼寥落將賒遲逸想不可淹猖狂獨長悲

盛年難得盛時難再寫得酸楚

悲從弟仲德

銜哀過舊宅，悲淚應心零。借問爲誰悲，懷人在九冥。禮服名羣從，恩愛若平（一作同）生。門前執手時，何意爾先傾。在數竟未免，爲山不及成。慈母沉哀疚，二紀纔數齡。雙位委空館，朝夕無哭聲。流塵集虛坐，宿草旅前庭。（禮記：朋友之墓有宿草而不哭焉。注：宿草，陳根也，謂期年。）階除曠游跡，園林獨餘情。翳然乘化去，終天不復形。遲遲將回步，惻惻悲襟盈。

曲盡悽惻友愛情極真

陶詩彙注卷二

陶詩彙注
卷二

陶詩彙注卷三

歙吴瞻泰東巖輯　門人程崟夔州參訂

五言

始作鎮軍參軍經曲阿

〔瞻泰〕按〔晉書本傳〕後爲鎮軍建威參軍吴斗南年譜謂晉官制鎮軍建威皆將軍官各置掾屬非兼官也隆安四年庚子作鎮軍參軍至乙巳歲作建威參軍史從省文耳李善引臧榮緒晉書云宋武帝行鎮軍將軍辟公參其軍事考裕元興元年壬寅爲建威將軍三年乙巳行鎮軍將軍與此先後歲月不合其未受裕辟不辨自明文獻通考亦云裕起兵討桓玄誅之爲鎮軍將軍淵明參其軍事未幾遷建威參軍見裕有異志乃求爲彭澤令愚以爲淵明高節未必屈身於裕善注與馬端臨皆失之〔水經注〕晉陵郡之曲阿縣下湖水四十里號曰曲阿〔太康地記〕曲阿本名雲陽秦始皇以有王氣鑿北阬山以敗其勢截其直道使曲故曰曲阿也

弱齡寄事外委懷在琴書被褐欣自得屢空常晏

查云我行至末句　宦仕伊始即思歸宿之地

如子湘云慚愧魚鳥而真想目前胸襟何等高曠

沈云班固幽通賦曰終保己而貽則止里仁之所廬

何義門云終字反對始字

如時來苟冥選作宜會宛轉選作宛轡一作變憇通衢投策命晨裝選作旅暫與園田疎眇眇孤舟逝緜緜歸思紆〔楚詞〕安眇眇兮無所歸薄〔又〕縹緜緜之不可紆我行豈不遙登陟千里餘目倦川選作修塗異心念山澤居望雲慚高鳥臨水愧遊魚真想初在襟〔淮南子〕全性保真不虧其身〔老子〕修之於身其德乃真誰謂形迹拘聊且憑化遷終返班生廬〔班固幽通賦〕終保己而貽則里止仁之所廬〔張伯起〕曰真玄默也此理久在胷襟誰謂形迹能拘之哉憑化遷所謂與時推移即赴鎮軍叅軍然終當返故廬耳言出非所樂也〔鶴林〕曰士豈能長守山林長親蓑笠但居市朝軒冕時要使山林之念不忘乃為勝耳淵明望雲慚高鳥四句似此胸襟豈為外榮所點染哉〔山谷〕曰佩玉而心若槁木立朝而意在東山亦此意〔何燕泉〕曰靖節初以家貧親老不得已而仕故其言如此

庚子歲五月中從都還阻風於規林二首〔年譜〕隆安

何云近瞻句應前望字

四年庚子公罷佐鎮從都還

行行循歸路計日望舊居一欣侍溫顏再喜見友于瞻泰按曹子建求通親親表今之否隔友于同憂孫月峯謂是歇後之祖鼓棹路崎曲指景限西隅江山豈不險歸子念前塗凱風負我心爾雅南風謂之凱風邢疏南風長養萬物喜樂故曰凱風凱樂也戢枻守窮湖高莽眇無界夏木獨森疎誰言客舟遠近瞻百里餘延目識南嶺空歎將焉如

趙泉山曰二詩皆直敘歸省意瞻泰按年譜隆安五年辛丑冬公丁外艱是歲父尚在此詩爲歸省而作一片游子思歸眞情急於到家偏爲風阻觸目生怨覺路爲之曲日爲之限夏木爲之蔽使千載而下猶覺至情流露曰計日望舊居曰延目識南嶺近見鄉關首尾遙對昔人謂行百里者半九十此則風不由人故曰凱風負我心以負心責風怨得無辜蓋五月正當凱風之時與國風詩意無涉時解失之汪洪度曰如

何云巽坎句 巽坎以代風水謂下連用風浪字也

杜詩喜多行坐白頭吟亦止用其字與詩意全無交涉與此正同

自古歎行役我今始知之山川一何曠巽坎難與期〔易〕巽爲風坎爲水〔原注〕謂道路行役之艱難崩浪聒天響長風無息時〔王棠〕曰崩浪貼坎長風貼巽久遊戀所生〔詩〕無忝爾所生如何淹在茲靜念園林好人間良可辭當年詎有幾縱心復何疑

朱晦菴嘗書此詩與一士子云但能參得此一詩透則今日所謂舉業與夫他日所謂功名富貴者皆不必經心可也〔維章〕曰歸省至性字字迫露一刻安坐不得〔又〕曰不決辭人間則他日又將復出矣誓得妙園林何嘗非人間然較之朝市則天上也非人間也曰可辭又曰何疑重疊判斷二首專寫歸省憾處急處足醒世間遊子

辛丑歲七月赴假還江陵夜行塗口一作塗中選作夜行塗口

作〔年譜〕隆安五年秋七月公赴假還江陵〔江圖〕自沙陽下流一百一十里至赤圻赤圻二十里至塗口

孫月峯云此篇更冲淡

何義門云閒詩起脫絕倫昭明所選僅得其莖鍊渾厚者耳

叩枻六句景色生動

邵子湘云一起便有塵外之想結句照應可見靖節胸中光景

安貧樂道絕無勉強方能建此言詩意安閒可愛

何云二篇發端皆自言躬耕非始志下半篇則申時不可爲不事伯朝之本趣　屢空句言

閒居三十載，遂與塵事冥。詩書敦夙一作宿好，園林無俗選作世情。如何舍此去，遥遥至西南。一作荆［李善］曰：時京師在東，故謂荆州爲西叩枻新秋月，［楚詞］漁父鼓枻而去臨流別友生。涼風起將夕，夜景湛虛明。昭昭天宇濶，皛皛川上平。［說文］通白曰皛懷役不遑寐，中宵尚孤征。商歌非吾事，［淮南子］甯戚商歌車下，桓公慨然而悟。［選注］商，秋聲也。依依在耦耕。投冠旋舊墟，不爲好爵縈。選作榮。［易］我有好爵，吾與爾靡之。養眞衡門下，［曹子建辨問］君子隱居以養眞也。庶以善自名。

癸卯歲始春懷古田舍二首［瞻泰］按：［吳斗南年譜］作辛卯，集本作癸卯，字誤也。觀首句，則此年方事田疇，明年有投耒學仕之語，且公本傳躬耕自資，亦在鎮軍參軍之前也。

三字頂在昔

在昔聞南畝，當年竟未踐。屢空既有人，春興豈自

豈字內含有無可如何之意在

已不足以當之也即下章雖遠之意詞有輕重下字尤工
婉折有致

何云即理二句 自詭通識而至喪節乃吾所羞也正言若反 瞻望句 此謂道不可行聊爲農以沒世也 雖未二句 妙絕 仍不一於憂貧故言近旨遠 行者無問津 此句寓遯世之意

孔案道有率性修道之道有修齊治平之道君子學道欲以致君澤民陶公生當亂世雖不能遂其致身之願故曰瞻望邈難逮望者望行其道之既不行退隱躬耕正所以守先師之訓而全吾道之真也

沈云昔人問詩經何句最佳或答曰楊柳依依此一時興到之言然亦嘗是名句倘有人問淵公何句最佳愚答云平疇交遠風良苗亦懷新亦一時興到也

陶詩彙注 卷三

顧云免字妙

免夙晨裝吾駕啓塗情已緬鳥弄歡新節泠風送

右丞每妙於用善字本此 歡字送字巧穩天然 以下四句詠始春 顧云餘善餘字追泠風之魂

餘善 一作鳥弄新節泠風送餘寒 善莊子馮虛御風泠然善也 寒 一作草 竹被荒蹊地爲罕

一作人遠是以植杖翁悠然不復返即理愧通識所

二語是借古中含諷對面寫照

保詎乃淺 幽 磐石之介幽人之貞是在有守 王棠曰一結悠揚盡致通識二字是笑時人猶云爾以爲通識即此耕鑿之理足以愧之所保豈不重哉

此總落到己欲躬耕

先師有遺訓憂道不憂貧瞻望邈難逮轉欲志 一作志一作

喜其得遂初志 一經秉耒便思勸人 十句即勸農之語當前

長勤秉耒歡時務解顔勸農人平疇交遠風良

苗亦懷新雖未量歲功即事多所欣耕種有時息

以下皆事所欣之事

應上章地爲罕人遠 自耕句以下至末皆設言其如此 讀聊爲隴畝民一聊字其十年拖負身世之感良

行者無問津日入相與歸壺觴勞近鄰長吟掩柴

可悲矣其始志豈甘爲隴畝之民者哉

門聊爲隴畝民 平疇二句寫景神到之語

後人美靖節曰不恥躬耕不知靖節樂在躬耕也

東坡曰平疇交遠風良苗亦懷新非古之耦耕植杖不能道此語非予之世農不能識此語之妙 道山清話 蘇子瞻一日在學士院閒坐命左

顧禺中曰幽生於朴清出于老高本於厚逸原于細讀此等作當自得之

田疇各有畛域良苗被風鼓舞枝葉相交接聯成綠野一片遠望竟若不能分其畛域也者所謂交也亦懷句項上歡字來見良苗亦欣欣向榮也

前章一豈字次

宋孝武之大明七年也

查云讀傾耳二語真覺雪賦一篇徒為辭費　起四句一句一意一意一轉曲折盡致全得子卿骨肉緑枝葉章法而無揣摹之迹　傾耳二句寫風雪得神而高曠之懷超然如覩

狀物得情鏤心刻骨語以平淡出之

右取紙書平疇交遠風良苗亦懷新兩句大小楷行草凡七八紙散於左右給事（沃儀仲）曰寄托原不在農借此以保吾眞聊爲隴畝民即簡兮萬舞之意所謂醉翁意不在酒也（瞻泰）按題曰懷古田舍故二首俱是懷古之論前首荷蓧丈人次首沮溺皆田舍之可懷者也古來唯孔顏安貧樂道不屑耕稼然而邈不可追則不如寔踐隴畝之能保其眞矣篇中隱寓四古人各相反照悠然意遠不唯章法低昂起伏并可知古人鑄題之妙

章一聯字皆極意經營慘淡之語人皆忽過

癸卯十二月中作與從弟敬遠

寢迹衡門下邈與世相絶顧盼莫誰知荆扉晝常閉（必結切）凄凄歲暮風翳翳經夕（一作日）雪傾耳無希聲在目皓已潔（一作結。鶴林曰二句雪之輕虛潔白盡是矣後此者莫能加也）勁氣侵襟袖簞瓢謝屢設蕭索空宇中了無一可悦歷覽千載書時時見遺烈高操非所攀謬（一作深）得固窮節（晁氏客語）歷覽千載書四句不

沈云淵明詠雪未嘗不刻劃却不似後人粘滯　愚於漢人得兩句曰前日風雪中故人從此去於晉人得兩語曰傾耳無希聲在目皓已潔於宋人得一語曰明月照積雪爲千古詠雪之式

何云雨洗二句　喬迅出塵

與物競不強所不能自然守節平津苟不由漢書公孫弘傳弘菑川薛人元朔中爲丞相封平津侯栖遲詎爲拙寄意一言外茲契誰能別維章曰無一可悅俯仰自歎時見遺烈昂首自命非所攀又俯首自遜苟不由又昂首自尊章法如層波疊浪

謂固窮

乙巳歲三月爲建威參軍使都經錢溪瞻泰按年譜是年劉懷肅爲建威將軍江州刺史辟公參軍考宋書懷肅傳其年爲輔國將軍無建威之說唯晉書劉牢之傳云劉敬宣與諸葛長民破桓歆於芍陂遷建威將軍江州刺史鎮尋陽宋書劉敬宣傳所載亦同實安帝元興三年甲辰則公爲敬宣建威參軍未可知也年譜失考

我不踐斯境歲月好已積晨夕看山川事事悉如昔微雨洗高林清飈矯雲翮眷彼品物存易品物流形正義曰品類之物流布成形義風都未隔伊余何爲者勉勵從茲役一

查云疇昔句朱子在南康與崔嘉彥書云前日出山在上京坡頭遇雨巾屨沾濕據此則上京乃坡名也

形似有制素襟不可易〔王棠〕曰義風二字說高林雲翮奇義風從品物上看出品物即指高林雲翮也觸景感物到自己身上老杜北征詩或紅如丹砂或黑如點漆雨露之所濡甘苦齊結實因歎到自己亦同此法一形二語言身爲物役心却有主宰

園田日夢想安得久離析終懷在歸一作鑾舟諒哉宜一作貞霜柏

還舊居〔年譜〕乙巳三月爲建威參軍以使事如建業尋歸尋陽有還舊居詩八月起爲彭澤令在官八十餘日解印綬去

疇昔家上京〔南康志〕近城五里地名上京有淵明故居或曰上京卽栗里公前有移家詩居不一處也〔朱子語録〕廬山有淵明古迹曰上京六載一作年去還歸〔韓子蒼〕曰淵明自庚子始作建威參軍由參軍爲彭澤遂棄官歸是歲乙巳故云六載〔瞻泰〕按鎮軍建威皆晉時治軍之官公庚子歲作鎮軍參軍非建威也子蒼誤注〔又〕按趙泉山曰自乙未佐鎮軍幕迄今六載尤未考實今日始復來惻愴多所悲阡陌不移舊〔風俗通〕南北曰阡東西曰陌邑屋或時非履歷周故居鄰老罕復遺步步尋往迹

大化二語名言人所慮者衰孰知有不及衰者造感更深

何云形迹四句　形骸猶外而況華軒所以遺宇都盡而孤介一念炯炯獨存之死靡它也

有處特依依流幻百年中寒暑日相推常恐大化盡氣力不及衰撥置且莫念一觴聊可揮

戊申歲六月中遇火〔原注〕靖節舊宅居於柴桑縣之柴桑里至是屬回祿之變越後年徙居南里之南村

草廬寄窮巷甘以辭華軒正夏長風急林室頓燒燔一宅無遺宇舫舟蔭門前迢迢新秋夕亭亭月將圓果菜始復生驚鳥尚未還中宵竚遥念一盼周九天總髮抱孤介一作念奄出四十年〔程箋〕曰公生於哀帝興寧三年乙丑至義熙四年戊申四十四歲形迹憑化往靈府長獨閒〔莊子德充符篇〕不足以滑和不可入於靈府〔贍泰按〕靈府謂心也貞剛自有質玉石乃非堅仰想東户時

餘糧宿中田（子思子曰東户季子之時道上雁行而不拾遺餘糧宿諸畮首）鼓腹無所思（莊子馬蹄篇夫赫胥之時民含哺而熙鼓腹而游）朝起暮歸眠既已不遇茲且遂灌西園

處之恬然不以禍患撓於衷者

己酉歲九月九日

靡靡秋已夕淒淒風露交（詩蒹葭淒淒白露未晞）蔓草不復榮園木空自凋清氣澄餘滓杳然天界高（維章曰五字善描秋容）哀蟬無留（一作歸）響（王棠曰往燕無遺影妙在遺字哀蟬無留響妙在留字皆靜察物理之言）叢鴈鳴雲霄萬化相尋繹人生豈不勞從古皆有沒念之中心焦何以稱我情濁酒且自陶千載非所知聊以永今朝（何燕泉曰永即詩且以永日意）

查云晨出句　肆當作肄

何云遥遥二句　本非沮溺之徒而生乎晋宋之交避世之心乃若與之符也

沈云移居詩曰衣食終須記力耕不我欺此云人生歸有道衣食固其端又云貧居依稼穡自勉勉人每在耕稼陶公異於昔人如此

及時力田田殘事遊襟期閑朗作詩自然高潔

庚戌歲九月中於西田穫蚤稻〔何燕泉曰西田即西廬之新疇也〕

人生歸有道衣食固其端孰是都不營而以求自安開春理常業歲功聊可觀晨出肆微勤日入負耒（一作禾）還山中饒霜露風氣亦先寒田家豈不苦弗獲辭此難四體誠乃疲庶無異患干盥濯息簷下斗酒散襟（一作劬）顏遥遥沮溺心千載乃相關但願長如此躬耕非所歎

不以躬耕為恥自不以仕進為榮矣

〔李公煥〕曰觀此知靖節既休居惟躬耕是資故蕭德施曰安道苦節不以躬耕為恥〔劉坦之〕曰此與前歸園田種豆南山下詩意相表裏

丙辰歲八月中於下潠田舍穫

貧居依（一作事）稼穡戮力東林隈不言春作苦常恐負

何云姿年二句 似此老而好學故有年逝未乖之喜

所懷司田眷有秋寄聲與我諧饑者歡初飽〔王棠〕曰歡字用得可憐往日不飽今有秋始得飽也初飽二字可哭 束帶候鳴鷄揚檝越平湖汎隨清壑迴鬱鬱荒山裏猿聲閒且哀悲風愛靜夜一作夜靜林鳥喜晨開〔王棠〕曰喜字說鳥已妙愛字說風則奇矣靜夜風聲更清有似於愛靜夜錬字之妙如此 曰余作此來三四星火頹〔漢書〕心爲火仲秋火西流陽氣衰也 姿年逝已老其事未云乖遥謝荷篠翁聊得從君栖

〔蔡寛夫〕曰秦漢已前字書未備既多假借而音無反切平仄皆通用自齊梁後既拘以四聲又限以音韻故士率以偶儷聲病爲工文氣安得不卑弱唯淵明退之時時擺落俗忌故栖字與乖字皆取傍韻用蓋筆力自足以勝之〔何燕泉〕曰秦漢已前韻有平仄皆通用者古韻應爾豈爲字書未備淵明退之皆用古韻淵明此篇與退之元和聖德詩此日足可惜之類於古皆是一韻而蔡謂取其傍韻用誤矣〔瞻泰〕按休文四聲在陶之後至唐而韻始嚴在淵明時栖乖韻原未分何爲擺落俗忌耶論詩須論世蔡爲失之

顧禹中曰妙在題是飲酒只當感遇雜詩所以為佳　飲酒詩如此寄託如此含吐酒豈易飲：酒詩豈作哉

何云召生二句　先世宰輔故以邵平自比

何云達人四句　邵平可逃蕭相之門淵明何妨飲王宏之酒在我翛然不滓則哀榮各適而不相疑也

飲酒二十首　并序

余閒居寡歡，兼此夜已長，偶有名酒，無夕不飲。顧影獨盡，忽焉復醉。既醉之後，輒題數句自娛。紙墨遂多，辭無詮次，聊命故人書之，以為歡笑爾。劉坦之曰：靖節退歸之後，世變日甚，故每每得酒，飲必盡醉，賦詩自娛。此昌黎所謂有托而逃焉者也。

應寡歡

顧云故人亦好事者聊命書之想見古人交情無一毫形迹

黄白從題中顧影二字著想

衰榮無定在，彼此更共之。召生瓜田中，寧似東陵時。史記蕭相國世家：召平，故秦東陵侯。秦破，為布衣，貧，種瓜長安城東，瓜美，故世謂之東陵瓜。寒暑有代謝，淮南子：二者代謝而踏馳。顏延年曰：一寒一暑，一往一復，來者為代，去者為謝。人道每如茲。達人解其會，逝一作趣將不復疑。忽與一觴酒，日夕歡相持。

各中酒字點題

點歡字

礼案此首從上章達人解其會逝將不復疑二句生下反剔疑字

何云九十四句當年壯時也今都下語猶爾言老彌戒得則壯盛之厲節可想所以使百世興起也　此又自言其可得而同不可得而雜

沈云伯夷傳大旨已盡於此末二句馬遷所云亦各從其志也

〔黄山谷〕曰哀榮無定在彼此更共之此西漢人文章他人多少語言盡得此理〔洪度〕曰二十首總冒却從達觀説起可見非胸次豁達不得輕言飲酒也重達人一句上六句正達觀也召主二句引証寒暑二句譬喻以暢發首二句之意

積善云有報，夷叔在西山。〔史記伯夷傳〕伯夷叔齊可謂善人者非耶積仁潔行如此而餓死天之報施善人其如何耶

善惡苟不應，何事空立言。九十行帶索，〔列子〕孔子遊於太山見榮啓期鹿裘帶索鼓琴而歌行年九十

飢寒況當年。〔瞻泰〕按二句是翻案法榮啓期本是有樂無憂今反其言九十尚如此飢寒況少年紆用一況字感慨無限是加倍寫法

不賴固窮節，百世當誰傳。

〔潛溪詩眼〕近世名士作詩云九十行帶索榮公老無依余謂之曰陶詩本非警策因有君詩乃見陶之工或譏余貴耳賤目後錯舉兩聯人多不能辨其孰爲陶孰爲今詩也榮啓期事近出列子不言榮公可知九十則老可知行帶索則無依可知五字皆贅也若淵明意謂至於九十猶不免行而帶索則自少壯至於長老其饑寒艱苦宜何如此窮士之所以可深悲也此所謂君子於其言無所苟而已矣古人文章必不虛設

何云有酒句 直是有[illegible]肯做之託詞耳百年幾何奈何不及時自立也

顧云人人惜其情句 此何關飲酒 妙在下句徑以飲酒接之

何云持此句 惜其情而不反則是忘其情也

祉[illegible]案從[illegible]已之三首無數曲折此總落到自己然猶不肯徑露託鳥以喻何等蘊藉末二句一眼覷定不為榮祿所惑甘守窮困至今配祀文廟俎豆馨香朱子綱目書法稱晉處士其志可與日月爭輝矣

陶詩彙注卷三

道喪向千載，人人惜其情。有酒不肯飲，但顧世（一作顧）間名。所以貴我身，豈不在一生。一生復能幾，倏如流電驚。鼎鼎百年內，持此欲何成。

此諷晉人不[illegible]其力戰行專[illegible]清[illegible]而肆情于放曠者發 以酒寄言道言人之[illegible]道甚易如飲酒然[illegible]人

不肯飲何但顧句是發其病根

為求虛名無成者痛下一針

〔檀弓〕女無鼎鼎爾。〔注〕太舒緩貌。

〔瞻泰〕按：百世當傳者，固窮節也。百年不可顧者，世間名也。百世百年緊對，正見安身立命莫如固窮。固窮所貴，莫如飲酒。原不爲成名也。

棲棲失羣鳥，日暮猶獨飛。徘徊無定止，夜夜聲轉悲。厲響思清遠，去來何依依（一作厲響思清晨，遠去何所依）。

通首自喻

退世亂也

顧云十九首妙句

未來謂出與處也此間大有斟酌

〔曹植七啓〕依違厲響。〔注〕厲，疾貌。〔廣雅〕高而多也。

因值孤生松，斂翮遙來歸。勁風無榮木，此蔭獨不衰。託身已得所，千載不相違。

此心此志已獨有千古矣

獨標清操世無其匹

〔趙泉山〕曰：此訊殷景仁、顏延年輩附麗於宋。〔瞻泰〕按：此借失羣鳥以自況也。得失二字遙對，須知失處正是得。失羣時不可不飲酒，得所時尤不可不飲酒。勁風無榮木，跌宕語，寓歲寒後凋意，泉山意似泥。

孫月峯云直寫胸中自錄中出所以耐咀嚼
此詩大見妙境第與心遠真意處賞有痕

何云欲辯句　辯字與前問字相應

沈云胸有元氣自然流出稍著痕迹便失之
辯淡意遠非有意可以造斯境此精節獨步
處韋柳尚未入室

札寨悠然二句言外見滔滔天下有舉世無人之慨惟有南山巍巍悠然在望可以與已相對耳山氣二句言所賞者山氣所樂者飛鳥此中具有化機豈紛華奔競者所能領畧哉故云欲辨已忘言耳通篇渾灝流轉一毫圭角不露而詞氣溢于言表此種詩直追漢人超出子建上矣

從上章託身已得所句落脉

結廬在人境，而無車馬喧。問君何能爾，心遠地自偏。采菊東籬下，悠然見南山。山氣日夕佳，飛鳥相與還。此中有眞意，欲辨已忘言。

起述閒中逸事以證心遠
顧云無心得妙
又云上句非山居不能此見真是能道
所見
又云真意忘言即在上二句中看出

黃云别有天地不待買山而隱
心遠句荅詞
悠然指山言
句法倒裝

王荊公曰淵明詩有奇絕不可及之語如結廬在人境四句由詩人以來無此句東坡曰采菊之次偶然見山初不用意而景與意會故可喜也今皆作望南山杜子美云白鷗没浩蕩萬里誰能訓蓋泯滅於煙波間耳而宋敏求謂余云鷗不解没改作波字二詩改此一字覺一篇神氣索然也王厚之曰東坡以淵明有采菊東籬下悠然見南山而無識者以見爲望不啻碔砆之與美玉予觀樂天效淵明詩有云時傾一尊酒坐望東南山然則流俗之失久矣惟韋蘇州荅長安丞裴棁詩有云採菊露未晞舉頭見秋山乃知真得淵明詩意而東坡之言爲可信胡仔曰雞肋集云詩以一字論工拙如身輕一鳥過身輕一鳥下過與下與疾與落每變而每不及易較也然而猶在工拙精觕之間其致思未白也記在廣陵日見東坡云陶淵明意不在詩詩以寄其意耳采菊東籬下悠然望南山則既采菊又望山意盡於山無餘蘊矣非淵明意也采菊東籬下悠然見南山則本自采菊無意望山適舉首而見之故悠然忘情趣閒而累遠未可於文字精觕間求之以比碔砆美玉不類敬

顛倒是非自古皆然惟求自知耳吾當從黃綺

心事畢現

卓菴曰是非自有定淵明云誰知只為毀譽雷同不足為據耳非真謂行止多端便無析別也讀者須得其言外感慨之意

方伯海云稱心而出信口而道具卓見

是直理學人與人本自得趣懷抱詩

詩與秋菊同致

顧云即杯盡壺自傾一句悟出達人順命委運之妙深心人自得

此笔山語

齋曰前輩有佳句初未之知後人尋繹出來始見其工如淵明悠然見南山方在籬間采菊安知其高老杜佳句最多尤不自知也如是則擅破煙樓手段豈能有得耶〔蔡寬夫〕曰采菊東籬下悠然見南山此其閒遠自得之意若超然藐出宇宙之外俗本多以見爲望字若爾便有褰裳濡足之態一字之誤害理如此〔何燕泉〕曰視誤爲望昭明文選已如此

承上章末語來不辨之辨正是辨也

行止千萬端誰知非與是是非苟相形雷同共譽毀〔曲禮〕毋雷同　三季多此事達士似不爾咄咄俗中愚一作惡〔前漢東方朔傳〕朔笑之曰咄〔師古注〕咄叱咄之聲也〔後漢嚴光傳〕咄咄子陵　且當從黃綺〔湯東澗〕曰此篇言季世出處不齊士皆以乘時自奮爲賢吾知從黃綺而已世俗之是非毀譽非所計也〔王棠〕曰此事是何事口不說出蓋指從宋諸臣〔洪度〕曰當時改節乘時者多必任意爲是非毀譽自達人觀之無是非也直俗中愚耳故決意從黃綺

秋菊有佳色裛露掇其英〔離騷經〕夕餐秋菊之落英　汎一作泛此忘憂物遠我遺一作違世情一觴雖一作聊獨進杯盡壺自傾日

沈云遺我遠世情陶集作遠我遺世情從陶集爲妥

卓菴曰得生非苟全性命之謂乃持正守已不媿不怍處此淵明得生二字正堪自餉他人不識也子瞻以無事有事分得失淺甚

可爲不爲詭隨之士吐氣

按前章云所以貴我身豈不在一生又云聊復得此生皆以生爲貴此章忽以生爲夢幻者是從草木榮枯上悟出言生尚不足恃又何有于功名宦達耶以起下章篤不可回之意

顧云

歸鳥自喻趨林鳴嘯寓賦飲酒詩也

入羣動息〔莊子〕善卷曰日出而作日入而息歸鳥趨林鳴嘯傲東軒下

寂喧二境皆深

聊復得此生

聊復五字微而顯使詩怪人浮此生可爲此語下注脚

一〔定齋〕曰自南北朝以來菊詩多矣未有能及淵明語盡菊之妙如秋菊有佳色他華不足以當此一佳字然終篇寓意高遠皆由菊而發耳〔良齋〕曰秋菊有佳色一語洗盡古今塵俗氣〔東坡〕曰靖節以無事爲得此生則見役於物者非失此生耶〔韓子蒼〕曰往在京口題采菊圖云九日東籬采落英白衣遥見眼分明向令自有杯中物一段風流可得成余嘗謂古人寄懷於物而無所好然後爲達況淵明之眞其於黃花直寓意耳至言飲酒適意亦非淵明極致向使無酒但悠然見南山其樂多矣遇酒輒醉醉醒之後豈知有江州太守哉當以此論淵明

來第四首自棲孤生松來

青松在東園衆草沒奇一作其姿凝霜殄異類卓然見

異類字指草

眞寫照

高枝連林人不覺獨樹衆乃奇提壺挂一作撫寒柯遠望時復爲吾生夢幻閒何事紲塵羈〔離騷〕〔王逸注〕革絡頭曰羈

〔維章〕曰四首言松五首言菊皆未及言飲酒七首申言對菊之飲以掇英爲下酒物八首申言對松之飲以遠望爲下酒物菊色佳在裛露松

凝霜句張云去小人亦如此

借田父口角激出牢不可破意

沈云稟氣寡所諧吾駕不可回說得斬絶

姿卓在傲霜菊在東籬松在東園娓娓詳言相賞但患酒盡〔瞻泰〕按此借孤松爲己寫照也前六句皆咏孤松偏以連林陪寫獨樹加倍襯出近桂又復遠望與松親愛之甚無復有塵事羈絆此生亦不嫌其孤矣

清晨聞叩門倒裳往自開〔詩〕東方未明顛倒衣裳問子爲誰與田父有好懷壺觴遠見候

投其所好正在所需故曰好懷

疑我與時乖襤縷茅簷下〔左傳〕篳路藍縷〔注〕敝衣亦作襤褸

以下四語田父勸駕之詞

未足爲高栖

未足二字婉而微諷

一世皆尚同願君汨其泥〔屈原九章〕世人皆濁何不淈其泥而揚其波

荅其末句二字

深感父老言

以下公荅詞

稟氣寡所諧紆轡誠可學違己詎非迷且共歡此飲吾駕不可回

顧云輒然此飲甚拂壺觴遠來見候之意

〔趙泉山〕曰時輩多勉靖節以出仕故作此論〔何燕泉〕曰此則又陶之介也趙氏注杜甫宿羌村第二首一篇之中賓主既具問荅了然可以比淵明此首〔瞻泰〕按繿縷四句田父勸駕之言深感四句公荅田父之語婉曲深至末曰吾駕不可回却又毅然正拒其和光同塵之不可也

在昔曾遠遊直至東海隅〔劉坦之〕曰指曲阿而言蓋其地在宋爲南東海郡道路

何云恐此句 恐墜固窮之節也

何云顏生句 前後自作客主志士不忘在溝壑則陶公篇末所自矢也裸葬猶可又何枯槁之恨哉 死去句 曲折頓挫

既言名不足賴又云身不足惜以何者爲可乎結語人當解意表

迴且長風波阻中塗此行誰使然似爲饑所驅

何云泉曰喻世道作艱難 起

傾身營一飽少許便有餘恐此非名計息駕歸閒

居

【趙泉山】曰此篇追述其爲貧而仕也【瞻泰】按此行誰使然問得冷妙似爲飢所驅答得詼諧却妙在一似字若非已所得主者末六句一句一轉低佪欲絕

顏生稱爲仁榮公言有道【榮公】見前屢空不獲年長饑至於老雖留身後名一生亦枯槁死去何所知稱心固爲好客一作名養千金軀【史記越世家】千金之子不死於市臨化消其寶

【古詩】奄忽隨物化榮名以爲寶【東坡】曰客養千金軀臨化消其寶寶不過軀軀化則寶亡矣人言靖節不知道吾不信也

裸葬何必一作足惡【漢書】楊王孫臨終令其子曰吾欲裸葬以返其眞其子遂裸葬人當解意表

前章以顔榮之貧困況己之貧困此章以張楊之出處況己之出處緬長公之壯節杜門久矣仰仲理之高風實始在茲一往以下其憤世絕俗之意情見乎詞
黃維章曰首章曰逝將不復疑此曰何爲復狐疑世疑我之乖時我畏俗之欺我咄咄俗中惡知之久矣擺落二字決絕請從余所之與顧君汨其泥作對砭

〔葛常之〕曰東坡拈出淵明談理之詩有三一曰采菊東籬下悠然見南山二曰嘯傲東軒下聊復得此生三曰客養千金軀臨化消其寶皆以爲知道之言蓋摛章繪句嘲風弄月雖工何補若知道者出語自然超詣非常人能蹈其軌轍也〔東澗〕曰顔榮皆非希身後名以自遂其志耳保千金之軀者亦終歸於盡則裸葬亦未可非或曰前八句言名不足賴後四句言身不足惜淵明解處正在身名之外也〔維章〕曰前首云恐此非名計此云留名亦枯槁互相翻承遠游營飽則當以名自惕守困長饑則不待以名爲沽也二首曰道喪曰但願曰何成掃浮俗無成之虛名此曰爲仁曰有道曰雖留并不敢羨賢哲長留之虛名更遥相呼應〔王棠〕曰顔榮以名爲寶客以千金軀爲寶總不若稱心爲寶也

長公曾一仕壯節忽失時杜門不復出終身與世辭〔前漢張釋之傳〕子摯字長公官至大夫免以不能取容當世故終身不仕仲理歸大澤高風始在一作如茲〔後漢儒林傳〕楊倫字仲理陳留東昏人志乖於時不復應州郡命講授於大澤中弟子至千餘人一往便當已何爲復狐疑〔洛神賦〕心猶豫而狐疑去去當奚道世俗久相欺擺落悠悠談請從余所之〔何燕泉〕曰長公仲理皆勇退者陶公以自決如此

沈云超、名理

何云規規句張睢陽有言未識人倫焉知天道不明大義則醒者何必愈於醉也
卓菴曰此特衆人皆醉我獨醒之反語耳發言不領正見醒不如醉處湯東澗謂爲沉冥之逃豈知淵明者哉

有客常同止趣舍邈異境一士長獨醉一夫終年醒醒醉還相笑發言各不領黃維章曰田父相慰故人相賞同止之客乃相笑不同心者偏屬朝夕至昵之人說得可慨規規一何愚兀傲差若穎湯東澗曰醒者與世計分曉而醉者頹然聽之而已淵明蓋沉冥之逃者故以醒爲愚而以兀傲爲穎耳穎一作炳一作秉寄言酣中客日沒燭當獨何一作炳一作當自秉汪洪度曰此與下章乃申言飲酒之樂愚與穎在飲與不飲上分奇妙兀傲貼飲尤奇先設兩造至規規二句乃以己意斷之後二句進一層言不但取飲且欲長夜飲也

故人賞我趣挈壺相與至班荊坐松下左傳班荊相與坐數斟已復醉父老雜亂言觴酌失行次不覺知有我安知物爲貴悠悠迷所留酒中有深味

蓋不同不相爲謀
酣中客指同心晉室者
觴進則飲不留餘酒也

孔寂寂句喻宇内無人抱節守義只有貧居一淵明耳意在言外以下就宇宙發感慨悼光陰之迅速此美人遲暮之悲也

何云敝廬四句　謂不見治平也

少年好經晚年嗜酒自有趣味若令人一味嗜酒自以為達恐非也

陶詩彙注　卷三

〔黄維章〕曰前田父邀飲此故人就飲一疑我乖一賞我趣一異調之飲一同調之飲父老雜亂言是交醉眞況物我俱忘則身世之内尚有何物可留但知有酒味耳

貧居乏人工灌木荒余宅〔不說自己遺世絕俗乃諉過於灌木奇甚〕〔詩〕集于灌木〔注〕叢木也班班有翔鳥〔班班猶關關鳥鳴聲相和也〕

寂寂無行跡宇宙何悠悠一作何悠人生少至百〔振言歲月相逼絕不露本意而大意已躍躍紙上〕〔尸子〕人生也亦少矣而歲臨之亦已速矣〔呂氏春秋〕人生壽久不過百〔古詩〕人生不滿百歲月相從過一作僶逼〔上二語悲人下二語自感〕鬢毛一作邊蚤已白若不委窮達素抱深可惜〔以衛物表之[illegible]舍酒字素抱二字點睛〕

〔此明前章素抱二字之義正是希孔顔處〕

少年罕人事游好在六經行行向不惑淹留遂一作自無成〔淹留者待不成也〕〔一事字有無限低徊〕竟抱固窮節〔節字見苦節〕饑寒飽所更弊廬交悲風荒草沒前庭披褐守長夜晨鷄不肯鳴〔即長夜漫漫何時旦之意〕孟公不在茲終以翳吾情〔非謂孟公嗜酒悼知己之無人也〕〔前漢陳遵傳〕遵字孟公杜陵人嗜酒每大飲賓客滿堂輒關門取客車轄投井中雖有急不得去〔瞻泰〕按此章悲無

宇宙一何悠四句有曠觀天地放懷古今之慨豈尋常嘆老嗟貧語

何云有時四句可得而親不可得而離政所
以待王顏筆也

酒也抱固窮之節唯酒可以陶情而孟公不在酒侶無人情受障
矣騶字憤甚意中主飲酒詩中不露飲酒暗藏之法尤見深厚

幽蘭生前庭，含薰待清風。清風脫然至，見别蕭艾中。〔離騷經〕何昔日之芳草兮，今直爲此蕭艾也。〔維章〕曰：含待二字寫得蘭花有情有品，風來香始遠，否則無復分别。

以下四語指當時 點

行行失故路，任道或能通。覺悟當念還，鳥盡廢良弓。〔史記越世家〕飛鳥盡，良弓藏。

清風不易至含薰雜蕭艾者不少

行行二句謂其溺于宦海不知不覺遂墮入迷途矣

〔湯東澗〕曰：蘭薰非清風不能别，賢者出處之致，亦待知者知耳。淵明在彭澤日，有悵然慷慨、深愧平生之語，所謂失故路也。惟其任道而不牽於俗，故卒能回車復路云耳。鳥盡弓藏，蓋借昔人去國之語，以喻已歸田之志。

子雲性嗜酒，家貧無由得。時賴好事人，載醪袪所惑。〔前漢揚雄傳〕雄字子雲，蜀郡成都人，家素貧，嗜酒，人希至其門。時有好事者載酒肴從游學。觴來爲之盡，〔五柳先生傳〕性嗜酒，家貧不能常得，親舊或置酒招之，造飲輒盡。是諮無不塞。有時不肯言，豈不在伐國仁者用其心何常失顯默〔前漢董仲舒傳〕魯君問柳下惠以伐齊柳下惠曰伐國不問仁人〔湯東澗〕曰此篇托子雲以自況故以柳下惠終之〔王棠〕曰塞字用得奇人問即荅必塞人之望也豈不在何常失六字妙當時劉裕舉兵豈非伐國淵明絶口不言朝政豈非守默我如是子雲亦如是仁者用心相同如此方見六字合吐之妙

疇昔苦長饑投耒去學仕將養不得節凍餒固纏已〔字林〕纏三合繩纏索相附會也是時向立年志意多所恥遂盡介然分終死一作拂衣歸田里〔顧寧人〕曰二句是用方望辭隗囂書雖懷介然之節欲潔去就之分冉冉星氣流亭亭復一紀〔國語〕蓄力一紀〔韋昭〕曰十二年歲星一周爲一紀〔原注〕彭澤之歸在義熙元年乙巳此云一紀當是義熙十二三年間作〔何燕泉〕曰公以癸巳爲州祭酒是向立年也乙未至庚子叅鎮軍事乙巳爲建威叅軍爲彭澤令而歸距癸巳正當一紀此詩正此時作舊注非前行行向不惑亦謂四十時耳世路廓悠悠楊朱所以止一作生〔淮南子〕

淵明一生所企慕者羲農，仰止者孔子，於絶世下獨親六籍，幸得爲孔子之徒，故于飲酒篇終揭出大旨，以明其志。若復不快飲句陡然跌落，快者非樂飲酒，樂其能誦法孔子也。謬誤句謙詞。

君字指題中故人代書者。此爲二十章總收，以趣語作結。二十首中蟬遞而下，連環相應，章法妙絶，後世如子昂感遇、太白古風、子瞻和陶諸作，何能窺其堂奥。

何云：終日六句，終日狂馳則汩沒聲利，將貽名教之憂，所謂人而不仁，其如禮樂何。又不若沉飲者反與真淳之意差近矣。此反言以激之也。

沈云：彌縫二字該盡孔子一生，爲事成殷勤五字道盡漢儒訓詁。末段忽然接入飲酒，此正是古人神化處。晉人詩曠達者徵引老莊，繁縟者徵引班揚，而陶公專用論語，而避其無痕。

楊子見逵路而哭之，爲其可以南可以北。

雖無揮金事，〔前漢疏廣傳〕廣乞骸骨歸，上賜黃金二十斤，皇太子賜以五十斤。廣既歸鄉里，日令家設酒肉，請族人故舊賓客相與娛樂。濁酒聊可恃。

羲農去已久，一作我。舉世少復眞。汲汲魯中叟，〔原注〕孔子。彌縫使其淳。〔左〕彌縫其闕。鳳鳥雖不至，禮樂暫時新。一作得。洙泗輟微響，〔禮記〕子夏曰：吾與子遊於洙泗之間。〔注〕洙泗二水名。漂流逮狂秦，詩書復何罪？一朝成灰塵。〔資治綱目〕秦始皇三十四年燒詩書百家語。區區諸老翁，爲事誠殷勤。如何絶世下，六籍無一親。終日馳車馬，一作走。不見所問津。〔湯東澗〕曰：諸老翁似謂漢初伏生諸人，退之所謂羣儒區區修補者，劉歆移太常書亦可見。不見所問津，蓋淵明自況於沮溺而嘆世無孔子徒也。若復不快飲，恐負頭上巾。但恨多謬誤，君當恕醉人。〔東坡〕曰：此未醉時語也，若已醉，何暇憂誤哉。然世人言醉時是醒時語，此最名言。

劉坦之曰西山真氏謂淵明之學自經術中來今觀此詩所述蓋亦可見况能剛制於酒雖快飲至醉猶自警飭而出語有度如此其賢於人遠矣哉維章曰多謬誤三字是全首原委少復真則無往而非謬誤矣羲農之後得孔氏刪定六經而不謬誤秦火之後得伏生輩口傳筆註再救謬誤迄於今無人矣既不親六籍終日奔走世俗夫復何爲不如飲酒免自辜負而已然則一味快飲遂真不負頭上巾乎其爲謬誤也多矣此恨無極但當以醉人恕之自責自解意最曲折洪度曰不見所問津上皆莊語若復不快飲忽作醉語但恐多謬誤又作醒語忽莊忽醉忽醒語真無詮次矣

方是二十首飲酒總結

止酒

今朝一時平生一世遙遙相對

詩非真止酒也讀者勿泥

居止次城邑逍遥自閒止稽康琴賦非夫淵靜者不能與之閒止坐止高蔭下步止蓽門裏禮儒行儒有蓽門圭竇好味止園葵大懽止稚子維章曰語奇峭不惟眼底無人亦以世人多偽不如稚子皆真大懽二字有味平生不止酒止酒情無喜暮止不安寢晨止不能起日日欲止之營

何云昔昏而今明故曰將止扶桑涘

衛止不理營陰氣使不出衛陽氣使不入徒知止不樂未知止利已始覺止爲善今朝眞止矣從此一止去將止扶桑涘〔山海經〕黑齒之北曰暘谷有扶木九日居下枝一日居上枝〔郭注〕扶木扶桑也〔淮南子〕拂於扶桑是謂晨明〔楚詞〕總余轡兮扶桑清顔止宿容奚止千萬祀〔維章〕曰結語更奇衰顔疊變人力所不能止也何法可留宿顔哉此而可止天下之事畢矣

〔胡仔〕曰坐止高蔭下四句余反覆味之然後知淵明之用意非獨止酒而已此四者皆欲止之故坐於樹蔭之下則廣廈華堂吾何羨焉步止於華門之裏則朝市聲利吾何趨焉好味止於𠹭園葵則五鼎方丈吾何欲焉大懽止於戲稚子則燕歌趙舞吾何樂焉在彼者難求而在此者易爲也淵明固窮守道安於丘園疇肯以此易彼乎〔何燕泉〕曰此言四者止之久矣所未止者酒耳故歷舉此四止而繼之以平生不止酒之語胡乃謂淵明用意非獨止酒於此四者皆欲止之抑何見之晚乎〔王棠〕曰一句一止字創調〔瞻泰〕按以上六止字陪下止酒十二止字只以平生不止酒一句爲主末二止字又開一徑出奇無窮

題下有舊注儀狄造杜康潤色之十字[illegible]本遺去　題云述酒蓋借酒以述[illegible]過晉隱喻故曲其詞蓋當時[illegible]宋運初興其間有多少不便[illegible]言者皆以廋詞發之以當血淚耳

何云此詩真不可解

東澗謂裕始封豫章郡公陶公述酒知有感觸詩中不應顯然指斥豫章二字當另有所指

述酒〔晉書張禕傳〕劉裕以禕帝所親信封藥酒一罌付禕密令鴆帝禕曰鴆君而求生何面目視息世間哉自飲之而死〔湯東澗〕曰晉元熙二年六月廢恭帝為零陵王明年以毒酒一罌授張禕使鴆帝禕自飲而卒繼又令兵人踰垣進藥王不肯飲遂掩殺之此詩所為作故以述酒名篇詩詞盡隱語觀者弗省予反覆詳考而決為零陵哀詩也昔蘇子讀述史九章曰去之五百歲吾猶見其人也豈虛語哉

重離照南陸〔湯東澗〕曰司馬氏出重黎之後〔吳正傳詩話〕以黎為離故訛其字以相亂〔何燕泉〕曰離南也午也重離典午再造也〔瞻泰〕按〔晉書恭帝紀〕元熙二年六月劉裕至於京師傅亮承裕旨諷帝禪位尋弒之〔又〕按〔天文志〕日行南陸謂之夏則重離南陸融風皆紀時起興之語鳴鳥聲相聞〔書〕我則鳴鳥不聞秋草雖未黃融風久已分素礫皛修渚南嶽無餘雲豫章抗高門重華固靈墳〔湯東澗〕曰晉室南渡分崩已久至於今則典午之氣數遂盡素礫修渚疑指江陵〔瞻泰〕按〔晉書恭帝紀〕帝遜於琅邪第裕以帝為零陵王則南嶽正指其所近之地也〔東澗〕曰裕始封豫章郡公重華謂恭帝禪宋〔正傳詩話〕恭帝封零陵王舜塚在零陵九疑故云裕實篡弒陶公豈肯以禪目

之黃維章曰抗高門謂裕不帝制不止固靈墳隱言恭帝之死矣流淚抱中歎傾耳聽司晨瞻泰按周禮鷄人夜呼旦蓋司晨之官也上句流淚承靈墳來謂恭帝崩也下句則反小雅詩夜如何其夜向晨之意不忍遽死其君也神州獻嘉粟西靈爲我馴維章曰題云述酒此始點露天不生嘉粟無由造酒語具憾詞西靈爲我馴暗指張禕之自飲也諸梁董師旅芊舊作羊勝喪其身黃山谷曰羊勝當是芊勝白公也諸梁葉公也左哀十六年楚太子之子曰勝處吳爲白公葉公與國人攻白公白公登山而縊山陽歸下國資治綱目漢建安二十五年魏王曹丕廢獻帝爲山陽公瞻泰按山陽以比零陵意更顯露成名猶不勤謚法成名不勤曰靈卜生善斯牧安樂不爲君瞻泰按黃注引莊子牧乎君乎之語而意不甚明姑闕之平王去舊京峽中納遺薰雙陵甫云育三趾顯奇文維章曰平王去舊京特援東遷以比東晉峽中納遺薰謂東遷後猶足自蔭也程元愈曰班固幽通賦云黎淳耀於高辛兮芊彊大於南汜嬴取威於百儀兮姜本枝於三趾李善注姜齊姓趾禮也齊伯夷之後伯夷嘗典三禮何注已引此但未暢發耳且詩首言重離又言芊勝亦與黎淳耀二句相

合正傳以離爲黎殆非鑿空之說惜未引班賦也愈竊意雙陵即二陵以姜對嬴尤與賦協謂齊秦興於平王東遷之後猶知尊王而東晉竟爲裕所滅不復能爲東也語意隱而憤

王子愛清吹日中翔河汾【列仙傳】王子喬好吹笙作鳳凰鳴七月七日於緱氏山乘白鶴舉手謝時人而去【瞻泰】按此下俱以游仙事隱約其詞可想見公忠憤不能自明之意而正傳詩話謂日中午也寓元熙二年六月之義則又固矣日中不過謂王喬白日昇舉耳

朱公練九齒閒居離世紛朱公未詳

峩峩西嶺內偃息常所親【呂氏春秋】田贊說楚王曰若夫偃息之義則未之識也

天容自永固彭殤非等倫【莊子】莫壽於殤子而彭祖爲夭【瞻泰】按上文學仙猶莊子之寓言以見君臣之義千古不磨彼恭帝自昇遐耳豈劉裕所能弒耶是雖弒而天容自固壽夭安足論哉一結詩心更曲更憤

【趙泉山】曰此晉恭帝元熙二年也六月十一日宋王裕逼帝禪位既而廢帝爲零陵王明年九月潛行弒逆故詩中引漢獻事考靖節退休後所作類多悼國傷時感諷之語然不欲顯斥故命篇曰雜詩述酒飲酒擬古唯述酒間寓以他語使漫與不可指摘今於各篇姑見其一二句警要者餘章自可意逆也如豫章抗高門重華固靈墳此豈述酒語耶三季多此事慷慨爭此場忽值山河改其微旨端有在矣類之風雅無

何云老夫耄矣子又凡劣北山愚公竟何人哉此責子所為作也

愧諫稱靖節道必懷邦劉良注懷邦者不忘於國故無爲子曰詩家視淵明猶孔門視伯夷也〔正傳詩話〕余嘗讀離騷見屈子閔宗周之阽危悲身命之將隕而其賦遠游之篇曰仍羽人於丹丘留不死之舊鄉超無爲而更清與太初而爲鄰乃欲制形鍊魄排空御風浮游八極後天而終原雖死猶不死也陶公此詩憤其主弑國亡而末言游仙修煉之道且以天容永固彭殤非倫贊其君極其忠愛之至以見亂臣賊子乍起倏滅於天地間則何足道哉陶公胸次冲澹和平而忠憤激烈發其間得無交戰之累乎洪慶善之論屈子有曰屈原之憂憂國也其樂樂天也吾於陶公亦云〔韓子蒼〕曰陳述古題述酒詩後云意不可解恐其讀異書所爲也余反覆之見山陽歸下國之句蓋用山陽公事疑是義熙後有所感而作也故有流淚抱中歎平生去舊京之語淵明忠義如此〔瞻泰〕按宋本云此篇與題非本意諸本如此誤又按黄山谷曰此篇有其詞而亡其義似是讀異書所作其中多不可解而子蒼泉山東澗以及有明諸賢各有勝處終不能全想陶公當其時有難直言者泰注成獨此一篇經營兩載後與友人程君元愈商確始得什之八以俟博覽君子之有所訓云

責子

〔原注〕舒儼宣俟雍份端佚通佟共五人舒宣雍端通皆小名也

白髮被兩鬢肌膚不復實〔維章〕曰不實二字善於狀老 雖有五男兒

何云總不句 人不學安知忠孝為何事陶士行後人遂為原伯魯之子此公所以俯仰家國而感嘆於天運於此也 天運句 國亡主滅何暇復恤子孫為門戶計故歸之天運也 只是家常教子之言朴實真摯意味自深

陶詩彙注 卷三

總不好紙筆阿舒已二八懶惰故無匹阿宣行志學而不愛文術雍端年十三（一作十二三）不識六與七通子垂九齡但覓梨與栗天運苟如此且進杯中物

此句總責以下分敘然書下各有輕重責舒宣之意重責下三子之意輕 懶惰句後生小子一有此習便為廢物 此責其懶情 此責其蠢 二子連說此惜其拙 此憐其稚玩一但字則非與雍端同可恕耳

黃山谷曰觀淵明此詩想見其人慈祥戲謔可觀也俗人便謂淵明諸子皆不肖而淵明愁歎見於詩耳或曰杜子美何以有何其挂懷抱之言聊子美聊借淵明以解嘲耳其詩名曰遣興可知也俗人便謂訕淵明所謂癡人前不得說夢也張縯曰杜子美嘲先生云有子賢與愚何其挂懷抱此固以文爲戲耳驥子好男兒若以是嘲子美譽兒亦豈不可哉維章曰責子詩忽說天運如此非眞責子也國運已改世世不願出仕父子共安於愚賤足矣一語寄托盡逗本懷

有會而作 并序

舊穀既沒新穀未登頗爲老農而值年災日月尚悠爲患未已登歲之功既不可希

何云後半言蒙袂揭目者誠過甚斯濫可戒當以固窮為師也 斯濫句 攸亦所也變文作對

朝夕所資煙火裁通旬日已來始念饑乏歲云夕矣慨然永懷今我不述後生何聞哉

弱年逢家乏老至更長饑菽麥實所羨孰敢慕甘（言無過求也待飽便足）肥惄如亞九飯〔詩〕惄如調飢〔說苑〕子思居衛三旬九遇食 當暑厭寒衣歲月將欲暮如何辛苦悲常善粥者心深憾蒙袂非嗟來何足吝徒沒空自遺〔檀弓〕齊大飢黔敖為食於路以待飢者而食之有餓者蒙袂輯屨貿貿然來黔敖曰嗟來食揚其目而視之曰余惟不食嗟來之食以至於斯也 斯濫豈彼志固窮夙所歸餒也已矣夫在昔余多師

〔維章〕曰斯濫豈彼志爲小人寬一層最妙勢自相驅非志然也末句自慰妙師既多則餒者非我獨矣結味長〔沃儀仲〕曰深憾蒙袂非憤語也

何云梅多用一枝未有用一條者

世不但無蒙袂者并黔敖亦不可得安得不固窮乎〔瞻泰〕按常善粥者心二句提筆作翻案謂不食嗟來似亦太過斯濫二句又歸正意謂固窮之志不容假借則昔人不食嗟來眞余師也一開一闔抑揚頓挫如聞愁歎之聲

蜡日

〔原注〕蜡臘祭名伊耆氏始爲蜡蜡也者索也歲十二月合聚萬物而索饗之也

風雪送餘運無妨時已和梅柳夾門植一條有佳花我唱爾言得酒中適何多未能明多少章山有奇歌〔原注〕章山一在建昌府東北一在臨江

陶詩彙注卷三

擬古九章情思回曲辭旨纏綿王元美之論離騷倘郁者不能摘故也即其句調往往都十九首矣

意氣傾人命何等氣概掐之任宋得乎

不乖言其改行易節而曰不忠厚益見其立言之渾諸少年是以意氣相矜詡者

陶詩彙注卷四

歙吳瞻泰東巖輯　門人程崟夔州參訂

五言

擬古九首

〔劉坦之〕曰凡靖節退休之後類多悼國傷時托諷之詞然不欲顯斥故以擬古雜詩名其篇云

榮榮窗下蘭密密堂前柳初與君別時不謂行當久出門萬里客中道逢嘉友未言心先（一作相）醉不在接盃酒蘭枯柳亦衰遂令此言負（一云時没）多謝諸少年相知不忠（一作相）厚意氣傾人命離隔復何有

〔洪容齋〕曰東坡和此章金石合奏如出一手〔劉坦之〕曰君謂晉君靖節見幾而作由建威參軍即求爲彭澤令未幾賦歸及晉宋易代之後終身不仕豈在朝諸親舊或有諷勸之者故作此詩以寄意歟〔瞻泰〕按君字泛指不必泥晉君此歎中道改節之人徒矜意氣反覆不常也用蘭

斷續離合之妙不謂句謂晉室山河不當久而不復也

靖節之慕子春猶孔明之比管樂

田子春名疇劉虞之臣虞盡忠漢室爲公孫瓚所害疇掃不受至欲自刎以明志

柳比興斷續承接的是十九首法脈意氣下接傾人命三字可畏說盡古今翻雲覆雨一流使人氣短

辭家夙嚴駕當往志無終問君今何行非商復非戎聞有田子春節義爲士雄斯人久已死鄉里習其風生有高世名既没傳無窮不學狂一作驅馳子直在百年中

〔魏志田疇傳〕疇字子泰右北平無終人初平元年董卓遷帝於長安幽州牧劉虞嘆曰賊臣作亂朝廷播蕩欲奉使展效臣節安得不辱命之士乎衆議田疇署爲從事具其車騎將行疇曰今道路阻絶寇虜縱横稱官奉使爲衆所指名願以私行乃自選其家客與年少勇壯二十騎俱既取道出塞趣朔方循間徑去至長安致命詔拜騎都尉疇以天子蒙塵不可荷佩榮寵固辭不受朝廷高其義得報還虞已爲公孫瓚所滅疇謁虞墓陳章表哭泣而去瓚大怒拘之或說瓚因義士恐失衆心乃遣疇疇北歸百姓歸者五百餘家疇爲約束興舉學校北邊翕然〔瞻泰〕按原注不詳詩意未達今觀魏志始知非商復非戎及鄉里習其風二語之妙可見注詩須得古人用意處方不支離〔顧寧人〕曰西溪叢語云陶淵明詩聞有田子春節義爲士雄漢書燕王劉澤傳云高后時齊人田生游之資以書干澤澤大悦之用金二百斤爲田生壽田生如長

當從冷語處看眼

正意有在

安求事幸謁者張卿諷高后立澤爲琅邪王晉灼曰田生字子春非也此詩上文云辭家夙嚴駕當往志無終下文云生有高世名既沒傳無窮其爲田疇可知矣三國志田疇字子泰右北平無終人也泰一作春若田生游說取金之人何有高世之名而爲靖節之所慕乎〔瞻泰按〕綱目元熙二年六月裕廢帝爲零陵王以兵守之行在消息無有如子春其人者奔問故託言以深慨也

仲春遘時雨始雷發東隅衆蟄各潛駭〔月令〕仲春之月雷乃發聲蟄蟲咸動草木從橫舒翩翩新來燕雙雙入我廬〔月令〕仲春鳥至先巢故尚在相將還舊居自從分別來門庭日荒蕪我心固匪石君情定何如〔原注〕此詩託言不肯背棄之義〔洪度〕曰仲春四句畧帶改革意篇中俱借燕傳心只我心一句露出本懷〔瞻泰〕按還舊居者止有燕可語君情何如亦是問燕絕無一字寄慨

令人讀得妙

緒然意遠

新巢使人

迢迢百尺樓分明望四荒暮作歸雲宅朝爲飛鳥

轉接處探源不易

通首皆自喻之詞士即我ゝ即士特化而為二猶形影神之化而為三也公悼舉世無獨有我與我為周旋耳章法獨創

堂。山河滿目中。平原獨茫茫。古時功名士。慷慨爭此場。一旦百歲後。相與還北邙。松柏爲人伐。高墳互低昂。〔洛陽志〕北邙山漢晉君臣墳多在此〔張協賦〕地勢窊窿丘墟陂陀墳隴隈疊碁布星羅頹基無遺主。游魂在何方。榮華誠足貴。亦復可憐傷。

〔維章〕曰前六語寄愴國運更革後八語兼慨士人生死然後總結以榮華憐傷謂生前之赫奕難堪死後之寂寥也而況萬乘山河擲於他人受未死之屈辱其可憐傷不更萬倍乎蓋感憤於廢帝極矣〔瞻泰〕按起二句從高視下有鄙夷一切之意下俱承望字來宅但有雲堂但有鳥一望空無人焉寫得榮華全無把握一任朝更暮改憐傷孰甚哉二語耐人百思

東方有一士。被服常不完。三旬九遇食。註見前十年著一冠。辛苦無此比。常有好容顏。我欲觀其人。晨去越河關。青松夾路生。白雲宿簷端。知我故來意。取

洸云辛苦而有好容所謂身困道亨也

矯、自立恥與雷同彼談者焉能浼哉

自鳴其孤高也

琴爲我彈上絃驚別鶴下絃操孤鸞［崔豹古今注］別鶴操商陵牧子所作也娶妻五年而無子父兄將爲改娶其妻聞之中夜起倚戶而悲嘯牧子乃援琴而鼓之［劉坦之］曰上絃下絃猶言初曲終曲別鶴孤鸞並琴曲名

願留就君住從今至歲寒［維章］曰東晉祚移舉世無復爲東之人矣詩言東方一士係其人於東也［洪度］曰此與從田子春游意略同只別鶴孤鸞聊寓本懷乃借古貞婦以喻己志之不移也

蒼蒼谷中樹冬夏常如茲年年見霜雪誰謂不知時厭聞世上語結友到臨淄稷下多談士［史記孟子傳］齊之稷下如淳于髡愼到環淵接子田駢騶奭之屬各著書言治亂之事以干世主指彼決吾疑裝束既有日已與家人辭行行停出門還坐更自思不怨道里長但畏人我欺萬一不合意永爲世笑嗤一作伊

謂有人勸之出仕者

何云似詠懷

灼灼句下一跌靈醒之至

皎皎四句即詩內所謂之歌也乃綴于歌竟

長太息二句下章法

饑食首陽薇渴飲易水流心跡可見

慷慨悲歌一氣直下而心中之事目中畢現

紙上孰謂沖淡哉

懷難具道爲君作此詩

湯東澗曰前四句興而比以言吾有定見而不爲談者所眩似謂白蓮社中人也瞻泰按首四句興起人品已見下故爲顛倒錯綜之言以寫霜雪不移之志波瀾起伏心緒萬端

日暮天無雲春風扇微和佳人美清夜達曙酣且歌歌竟長太息持此感人多皎皎雲閒月灼灼葉中花豈無一時好不久當如何

瞻泰按雲閒月葉中花借以興一時好而着豈無字當如何字冷語刺骨楚詞恐美人之遲暮即首六句意正悲美人之失時也

少時壯且厲撫劍獨行遊誰言行遊近張掖至幽州

前漢西域傳孝武破匈奴右地置酒泉武威張掖敦煌四郡劉坦之曰張掖晉涼州地即今甘州也幽州古燕國

饑食首陽薇

史記伯夷傳夷齊義不食周粟隱於首陽山采薇而食

渴飲易水流

戰國策荊軻刺秦王太子及賓

何云伯牙句 鍾期與惠施陶公所自託也

沈云首陽易水托意顯然

何云種桑句 此言下流不可處不得謬比易代
柯葉句 倒裝法

士不逢時如物不逢春安望其樹立耶

沈云欲言難言陶公詩根本節目全在此種

礼家三年之采似不泥指逼裕禪位之事以符三年之説晋自孝武被弑安帝口不能言飢飽不能辨之人安能継大統而承宗廟耶卒之桓元稱兵皇輿播蕩耕田[illegible]屢之

客白衣冠送之至易水之上〔何燕泉〕曰此皆亡己後憤世之詞首陽易水寓夷齊恥食周粟荊軻爲燕報讐之意不見相知人惟見古時丘路邊兩高墳伯牙與莊周〔說苑〕鍾子期死而伯牙絶絃破琴知世莫可爲鼓也惠施卒而莊子深瞑不言見世莫可語也〔原注〕伯牙知音者莊生達者〔湯東澗〕曰伯牙之琴莊周之言惟鍾惠能聽今有能聽之人而無可聽之言此淵明所以罷遠游也此士難再得吾行欲何求〔瞻泰〕按此篇無倫無次章法奇與始而張掖幽州悲壯游也忽而首陽易水傷志士之無人忽而伯牙莊周嘆知音之不再而避世之難得也公生平志節亦盡流露矣

看破遠游無益不如隱居末句換回情事如神龍掉尾

種桑長江邊三年望當採枝條始欲茂忽值山河改柯葉自摧折根株浮滄海春蠶既無食寒衣欲誰一作相待本不植高原今日復何悔

〔維堂〕曰劉裕以戊午年十二月弑晉主於東堂立琅邪王德文是爲恭帝元熙元年庚申二年而裕逼禪矣帝之年號雖止二年而初立則在

之徒得以乘時竊位柯枝本自催折讀一自字不無歸咎國家貽謀之不善也又云本不植高原意有在矣

何云人生句　金源劉從益和陶詩以此篇合榮華難久居爲一篇日月不肯遲合我行未云遠爲一篇

雜詩諸篇亦擬古餘緒味其聲調稍近張孟陽兄弟一流

戊午是三年也望當採者既經三年或可以自修内治奏成績也長江邊豈種桑之地爲裕所立而無以防裕勢終以受制初着既誤後禍自來也語隱而義明〔又〕曰此九章專感革運至末章忽值山河改盡情道出憤氣横霄若以淡遠達觀視之差却千里

雜詩十二首

人生無根葉（一作蔕）飄如陌上塵分散逐風轉此已非常身落地爲兄弟（一云流落成兄弟）何必骨肉親〔何燕泉〕曰蘇子卿詩骨肉緣枝葉結交亦相因四海皆兄弟誰爲行路人曹子建詩恩愛爲不虧在遠分日親何必同衾裯然後展殷勤與淵明此語各有爲而發非故踵卜商之失也得歡當作樂斗酒聚比鄰盛年不重來一日難再晨及時當勉勵歲月不待人

（二語十九首豈能過之）

白日淪西河素月出東嶺遙遙萬里輝蕩蕩空中景風來入房户夜中枕席冷氣變悟時易不眠知

何云丈夫句 歎老嗟卑則常自托於志在四海於是冰炭交戰至死不悟吾知空名爲無益故不知老之將至而目前莫非眞樂也 行路難中有一篇用其意 罇中句燥字新 只將孔北海語易一字

如此遣除最難莫易言之耶總欲激出後四句義耳

夕永欲言無予和揮盃勸孤影日月擲人去有志不獲騁念此懷悲悽終曉不能靜何燕泉曰此與述酒篇流淚傾耳同意榮華難久居盛衰不可量昔爲三春蕖今作秋蓮房爾雅荷芙蕖其實蓮拾遺記昆流素蓮一房九子嚴霜結野草枯悴未遽央何燕泉曰詩夜未央注夜未渠央今呼作遽謂未遽盡也王融詩調絃未遽央同此日月還復周一作有環周我去不再陽陸機短歌行華不再陽王棠曰一日難再晨惜時我去不再陽惜身也人稟陽氣而生不再陽三字可歎眷眷往昔時憶此斷人腸湯東澗曰此篇亦感興亡之意丈夫志四海我願不知老維章曰有人而能忘其老者乎發願奇絶一知老則歡情減矣不知而後可以肆可以盡起法工於攝下親戚共一處子孫還相保觴絃肆朝日樽中酒不燥後漢書孔融曰座上客常滿樽中酒不空緩帶盡歡娛起晚

何云憶我句沉着痛快中年人讀之始覺味長　無樂句妙、與值歡無復娛反對

眠常蚕孰若當世士冰炭滿懷抱百年歸一作掃丘壟用此空名道

憶我少壯時無樂自欣豫猛志逸四海騫翮思遠翥荏苒歲月頹此心稍已去值歡無復娛每每多憂慮氣力漸衰損轉覺日不如壑舟無須臾引我不得住莊子大宗師夫藏舟於壑藏山於澤謂之固矣然而夜半有力者負之而走前塗當幾許未知止泊處古人惜寸陰晉書陶侃傳大禹聖人尚惜寸陰念此使人懼

湯東澗曰太白詩百歲落半塗前期浩漫漫中宵不成寐天明起長歎人生學無歸宿者例有此歎必聞道而後免此此淵明所以惜寸陰歟

王棠曰無樂自欣豫寫出少壯胸襟值歡無復娛寫出老人心境歡塲不娛少年人不知乎常語道出妙理

瞻泰按詩意極有漸次層層翻轉所謂情隨年減也始而猶計歲月漸且計日矣謝太傅語王右軍曰中年傷於哀樂與親友別輒作數日惡王曰年在桑榆自然至此正賴絲

何云素標句 險語

何云代耕句 拙生失其方自謂謀道不謀食也

竹陶寫恒恐兒輩覺損欣樂之趣吾於此詩亦云

昔聞長者言掩耳每不喜奈何五十年忽已親此事〔曙泰〕按此事指高年也不指易代事求我盛年歡〔原注〕男子自二十一至三十九爲盛年一毫無復意去去轉欲遠此生難一作豈再值傾家思一作時一作持作樂竟此歲月駛有子不留金何用身後置留金詳後二疏詩註

日月不肯遲四時相催逼寒風拂枯條落葉掩長陌弱質與一作輿運頽鬢蚤已白〔原注〕靖節早年髮白素標插人頭前塗漸就窄家如逆旅舍〔左傳〕保於逆旅〔注〕客舍也我如當去客去去欲何之南山有舊宅

代耕本非望所業在田桑躬親未曾替寒餒常糟

糠豈期過滿腹〔莊子〕鼴鼠飲河不過滿腹但願飽粳糧御冬足大布〔詩〕亦以御冬〔左傳〕衛文公大布之衣麤絺以一作已應陽正一作止爾不能得哀哉亦可傷人皆盡獲宜拙生失其方理也可奈何且爲陶一作足一觴

〔呂東萊〕曰代耕本非望所業在田桑令人立於天地之間甚可愧怍彼歷叙飢凍之狀僅願免而不可乃曰人皆盡獲宜拙生失其方此意甚平若進道者末句且爲陶一觴却有一任他底氣象便是欠商量處此等人質高胸中見得平曠故能如此此地步儘不易到〔汪儀仲〕曰一句一轉古詩之最變幻者

遥遥從羈役一心處兩端〔維章〕曰一心處兩端身在途而魂在家也寫旅況耿耿悽其欲絶掩淚汎東逝順流追時遷日没星與昴勢翳西山巔〔詩〕嘒彼小星維參與昴〔注〕昴西方宿名〔淮南子〕西方其星昴畢蕭條隔天涯惆悵念時一作常

餐慷慨思南歸路遐無由緣關梁難虧替（楚詞）關梁閉而不通絕音寄斯篇

閒居執蕩志時駛不可稽驅役無停息軒裳逝東崖（書）車服以庸車曰軒服上衣下裳沉陰一作汎舟擬薰麝寒氣一作悲風激我懷歲月有常御我來淹已彌慷慨憶綢繆此情久已離荏苒經十載暫爲人所羈庭宇翳餘木倏忽日月虧

我行未云遠回顧慘風涼春燕應節起高飛拂塵梁邊鴈悲無所代謝歸北鄉離鵾鳴清池（瞻泰）按古相和歌有鵾鷄曲（楚詞）鵾鷄啁哳而哀鳴稽康琴賦嚶若離鵾鳴清池涉暑經秋霜愁人難爲辭遥

何云嫋嫋句 舊注東坡和陶詩無此篇

何云詩以言志君子固窮七篇皆自道也 萬族句 孤雲自况其高潔下六篇皆言聖賢惟能固窮所以輝曜千載迥立於萬族之表不可如世人之但見目前也

孫月峯云淡然無塵 起兩語卻參待陡然醒快

方古梅云以兩喻起以正意結體裁獨創

遥春夜長

嫋嫋松標崖婉孌柔童子年始三五間喬柯何可倚一云柯條何滓滓 一云華柯直可寄養色含津氣粲然有心理東坡和陶無此篇

維章曰嫋嫋之松足以標崖初爲弱枝後成蒼幹其質有之也婉孌柔童同彼嫋嫋然由始計後脆質豈如喬松之足恃惟咽津導氣則幾矣語最曲 王棠曰此咏松也童子亦借以喻松寄托深遠

詠貧士七首

萬族各有託孤雲獨無依曖曖空中滅何時見餘暉朝霞開宿霧衆鳥相與飛遲遲出林翮未夕復來一作已復歸量力守故轍豈不寒與饑知音苟不存已矣何所悲是人不知而不愠的學問

何云凄厲句　患難不失其常　陳蔡見圍仲尼不疑吾道之非況止於飢之何爲不追古人而從之乎

以後數章皆引古之貧士

何云榮叟句　非獨遠於人情生不逢堯與舜禪則宜以榮期原思自居求無媿於仲尼而已如子貢所以吿二子者姑舍是可也

有此引証方可稍慰

（劉坦之）曰朝霞開霧喻朝庭之更新衆鳥羣飛比諸臣之趨附而遲遲出林未夕來歸則又自況其審時出處與衆異趣也（湯東澗）曰孤雲倦翮以興舉世皆依乘風雲而已獨無攀援飛翻之志寧忍飢寒以守志節縱無知此音者亦不足悲也（何燕泉）曰古詩不惜歌者苦但傷知音稀淵明一切任之其眞樂天命而不疑者歟（瞻泰）按前八句皆借雲鳥起興而歸之於自守後四句出意一反一正可稱沉鬱頓挫

凄厲歲云暮擁一作短褐曝前軒南圃無遺秀枯條盈北園傾壺絕餘瀝闚竈不見煙詩書塞座外日昃不遑研閒居非陳厄竊有慍見言何以慰吾懷賴古多此賢（維章）曰傾壺四句善狀貧況塞字與絕字不見字相形有致不堪療飢之物偏爾居多末四句既自憤乃自安善作起伏（何燕泉）曰前有會而作云在昔余多師此又云賴古多此賢淵明眞所謂善哉其能自寬者也（王棠）曰結句引出後五首

榮叟老帶索注已見欣然方彈琴原生納決屨清歌暢商一作高音重華去我久貧士世相尋弊襟不掩肘藜

聖帝不作明揚無人此世所以多貧士也

陶詩彙注　卷四　八

何云安貧句　死生不改其操　非道句　貧賤不以道得者不去陶公誠造次顛沛必於是者矣

可作朝聞道夕死可矣註子

羹常乏斟【莊子】孔子窮於陳蔡之間七日不火食藜羹不糝豈忘襲輕裘苟得非所欽賜也徒能辨乃不見吾心【莊子讓王】原憲居魯環堵之室蓬户不完桑以爲樞而甕牖二室褐以爲塞上漏下濕匡坐而絃子貢乘大馬中紺而表素軒車不容巷往見原憲憲華冠縰履杖藜而應門子貢曰先生何病憲曰貧也非病也子貢有愧色【又】曾子居衛縕袍無表三日不舉火十年不製衣正冠而纓絶捉襟而肘見納履而踵決曳縰而歌商頌聲滿天地若出金石【瞻泰】按二事皆出讓王篇而公所引專屬之原生可見古人使事亦有誤

安貧守賤者自古有黔婁好爵吾不縈一作榮厚禄一作饋吾不酬一旦壽命盡弊服仍一作弊覆乃不周豈不知其極非道故無憂從來將千載未復見斯儔朝與仁義生夕死復何求【列女傳】黔婁先生與其妻偕隱於野魯君將致政焉不應與之禄不受其没也曾子弔之上堂見先生横在牖下枕墼席藁縕袍不表覆以布被用以斂覆首則足見覆足則手見曾子曰邪引其被而覆之則斂矣黔婁之妻曰邪而有餘不若

何云袁安句　苟求富貴樂則身敗名辱有甚於飢寒者故不慼慼於貧賤但恐修名之不立也　採莒句　莒疑作稆後漢獻紀尚書郎以下自出採稆注云稆音呂與穭同

道勝句是會心語

沈云所懼非飢寒所樂非窮通二語可書座右

何云仲蔚句　自言事在詩外有不易其介者俟後人論其世而知之

固窮最難知己非志同道合者誰能知之

正而不足先生以不邪之故至於此生而不邪死而邪之非先生意也〔又〕黔婁之妻曰先生者甘天下之淡味安天下之卑位不慼慼於貧賤不忻忻於富貴求仁得仁求義得義

袁安困積雪，邈然不可干。〔後漢書〕袁安字邵公汝南汝陽人〔汝南先賢傳〕時大雪洛陽令自出案行至袁安門無有行路謂安已死令人除雪入見安僵卧問何以不出答曰大雪人皆餓不宜干人令以爲賢舉爲孝廉 阮公見錢入，即日棄其官。未詳 芻槀有常溫，採莒足朝餐。〔原注〕莒疑作柜柜皮可食 豈不實辛苦，所懼非饑寒。貧富常交戰，道勝無慼顏。一作厚〔韓非子〕子夏曰吾入見先生之義出見富貴二者交戰於胸中故懼今見先生之義戰勝故肥也 至德冠邦閭，清節映西關。

仲蔚愛窮居，遶宅生蒿蓬。翳然絕交遊，賦詩頗能工。舉世無知者，止有一劉龔。一作音〔三輔決録〕張仲蔚扶風人隱身不仕好爲詩賦所居

沈云劉龔劉向之孫　不懼飢寒達天安命陶公人品不在季次原憲下而概以晉人視之何耶　所樂非窮通本莊子

何云昔在句　妻子不撓其慮　言終不爲妻子所累貶節而復出也

查云昔在句　風俗通潁川黄子廉每飲馬投錢于水

潔己之士窮困自甘奈妻子啼飢號寒何以此改操者不少一人有志亦須衆人成全

蓬蒿没人時人莫識惟劉龔知之此士胡獨然實繇罕所同介然安其業所樂非窮通莊子讓王子貢曰古之得道者窮亦樂通亦樂所樂非窮通也人事固以拙聊得長相從

昔在黄子廉彈冠佐名州後漢黄蓋傳南陽太守黄子廉之後也風俗通潁川黄子廉每飲馬投錢於水中一朝辭吏歸清貧略難疇一作相儔年饑感仁妻泣涕向我流丈夫雖有志固爲兒女憂惠孫一晤歎腆贈竟莫酬誰云固窮難邈哉此前修

詠二疏前漢疏廣傳廣字仲翁爲太子太傅兄子受爲太子少傅在位五歲廣謂受曰知足不辱知止不殆今仕官至二千石宦成名立如此不去懼有後悔豈如父子相隨出關歸老故鄉不亦善乎即日上疏乞骸骨宣帝許之公卿大夫故人邑子設祖道供張東都門外送者車數百兩觀者皆曰賢哉二大夫廣歸里日具酒食故舊賓客相與娛樂

何云雖無揮金事濁酒聊可恃此千載心期也　離別四句洗發
起二句與二疏若合若離若似若不似此情自遠
通首道勁

大象轉四時功成者自去（史記蔡澤傳）四時之序成功者去　借問衰周來幾人得其趣游目漢廷中二疏復此舉高嘯返一作還舊居長揖儲君傅餞送傾皇州華軒盈道路離別情所悲餘榮何足顧事勝感行人賢哉豈常譽厭厭閭里歡所營非所一作近務促席延故老揮觴道平素問金終寄心清言曉未悟放意樂餘年遑恤身後慮（前漢疏廣傳）廣曰金者聖主所以惠養老臣也故樂與鄉黨宗族共享其賜以盡吾餘日不亦可乎　誰云其人亡久而道彌著

二疏異代同趣故深許之亦以自命

（東坡）曰咏二疏詩淵明未嘗出二疏既出而知反其志一也或以謂既出而反如從病得愈其味勝於初不病此惑者顛倒見耳

詠三良

（原注）三良子車氏子奄息仲行鍼虎穆公沒康公從治命以三子爲殉國人哀之賦黃鳥（瞻秦）按舊注皆作治

忠情二句伏殉葬之機　惜而哀之不以爲非

何云箴規句含下厚恩　臨穴句惟思也

荆棘二語漢人句法　忠情數句極寫君臣遇合之情如不爾或未必以身殉　將寫遇合之情起四句先作兩折以見結主知之難用意深曲如此孰謂陶詩爲近

陶詩彙注　卷四

命惟黃本作亂命可從〔左傳〕秦伯任好卒以子車氏之三子奄息仲行鍼虎爲殉皆秦之良也國人哀之爲之賦黃鳥君子曰秦穆之不爲盟主也宜哉死而棄民

彈冠乘通津〔屈原漁父〕新沐者必彈冠但懼時我遺服勤盡歲月常恐功愈微忠情謬獲露遂爲君所私出則陪文輿入必侍丹帷箴規嚮已從計議初無虧一朝長逝後願言從一作同此歸厚恩固難忘君命安可違臨穴罔惟疑〔詩〕臨其穴惴惴其慄投義志攸希荊棘籠高墳黃鳥聲正悲〔詩〕交交黃鳥止于棘良人不可贖泣然沾我衣〔詩〕彼蒼者天殲我良人如可贖兮人百其身

〔葛常之〕曰三良以身殉秦穆黃鳥之詩哀之序詩者謂國人剌穆公以人從死咎在穆公不在三良王仲宣云結髮事明君受恩良不訾臨沒

要之死焉得不相隨陶元亮云厚恩固難忘君命安可違是皆不以二良之死爲非也至李德裕則謂社稷死則死之不可許之死欲與梁丘據安陵君同訊則是罪三良之死非其所矣然君命之於前衆驅之於後爲三良者雖欲不死得乎惟柳子厚云疾病命固亂魏氏言有章從邪陷厥父吾欲討彼狂使康公能如魏顆不用亂命則豈至陷父於不義如此哉東坡和陶亦云顧命有治亂臣子得從違魏顆眞孝愛三良安足希似與柳子之論合審如是則三良不能無罪然坡公過秦穆墓詩乃云穆公生不誅孟明豈有死之日而忍用其良乃知三子殉公意亦如齊之二子從田橫則又言三良之殉非穆公之意也（藝苑雌黃）秦穆公以三良殉葬詩人刺之則穆公洵有罪矣雖然臣之事君猶子之事父也以陳尊己魏顆之事觀之三良亦不能無訊焉昔之詠三良者王仲宣曹子建陶淵明柳子厚或曰心亦有所托或曰殺身誠獨難或曰君命安可違或曰死沒寧分張曾無一語辨其非是者唯東坡和陶云殺身固有道大節要不虧君爲社稷死我則同其歸顧命有治亂臣子得從違魏顆眞孝愛三良安足希審如是言則三良不能無罪東坡一篇冠絶古今（胡仔）曰余觀東坡秦穆墓詩意全與和陶三良詩意相反蓋其少年時議論如此至其晚年所見益高超人意表此揚雄所以悔少作也（何燕泉）曰曹子建詠三良詩功名不可爲忠義我所安秦穆先下世三臣豈自殘生時等榮樂既沒同憂患誰言捐軀易殺身誠獨難彼三臣者國人皆謂之三良而哀之黄鳥之詩既著之聖經矣而後

寫壯士鬚眉如畫狀易水蕭森之氣悽然當時之士輕死好名言不及識蓋有意焉

世猶有不同之議如李德裕之不念其殺身之難者何哉（維章）曰言但懼言常恐惟畏君之不我合也曰獲露曰遂私曰初無生前一一同心矣何忍死後不同歸哉先說願言再及君命以見從殉者三子忠君之夙懷非一時勉強就死也君命曰安可違又似勉強矣再曰固疑曰投義益見平日有心臨死如飴題序屬康公之從亂命詩意乃專屬三子之報厚恩固惟疑志攸希決斷之甚在三良願殉自當斷在國人惜才自當悲各不相妨出脫處顧題處備及筆法其必不肯說壞康公繆公别有深寄臣子報君即從殉不為過其可忘君而貪事他朝乎翻案關議可激千古忠肝

詠荊軻

（史）記刺客傳荊軻入秦太子丹及賓客送之易水上既祖取道高漸離擊筑荊卿和而歌為變徵之聲歌曰風蕭蕭兮易水寒壯士一去兮不復還復為羽聲慷慨荊卿去至秦進地圖圖窮而匕首見魯句踐聞之曰惜哉其不講於刺劍之術也

燕丹善養士志在報強嬴招集百夫長（一作良）歲暮得荊卿君子死知己提劍出燕京素驥鳴廣陌慷慨

何云心知二句　抑揚生致

凌厲二句樂府排宕法

沈云英氣勃發情見乎詞

送我行〔維章〕曰驥亦以鳴送行俠氣足以感物況人乎從白衣冠翻創素驥之送雄髮指危冠猛氣充長纓飲餞易水上四座列羣英漸離擊悲筑宋意唱高聲〔淮南子〕高漸離宋意爲擊筑而歌於易水之上〔漢書〕應邵注筑似琴而大頭安絃以竹擊之〔師古〕曰筑形似琴而細頸蕭蕭哀風逝澹澹寒波生商音更流涕羽奏壯士驚心知去不歸且有後世名登車何時顧飛蓋入秦庭凌厲越萬里逶迤過千城圖窮事自至豪主正怔營〔文煥〕曰登車四句閒處極力描寫實處只圖窮兩言前詳人所略此略人所詳惜哉劍術踈奇功遂不成其一作斯人雖一作久已殁千載有餘情一作深

〔朱子語録〕淵明詩人皆説平淡看他自豪放得來不覺其露出本相者是詠荆軻一篇平淡的人如何説得這樣言語出來〔東澗〕曰二疏取其歸三良與主同死荆軻爲主報讐皆託古以自見云〔維章〕曰詠二疏三良荆軻想屬一時所作大約在禪宋後也其合拈最有意知止棄官爲

讀山海經詩借荒唐之語吐坌涌之情相為神怪可以意逆

竹目峯云既沒景寓得入妙大約皆以倘恍詩想
方伯海云按[illegible]中讀書只三見餘俱從不寫及
亦彌見神味悠然且處處切孟夏先生胸無倚
[illegible]故引見皆見見用

最易本朝猶不肯久戀況事僞朝此淵明之所以自匹也祚移君逝有死而報君父之恩如三良者乎無人矣有生而報君父之讎如荆軻者乎又無人矣以弔古之懷并作傷今之淚每首哀呼一曰清言曉未悟示事二姓以當悟也一曰投義志攸希示事二姓者以當希也一曰其人雖已沒千載有餘情則報讎熱血隱從中噴事二姓之徒不堪語久矣〔何燕泉〕曰魏阮瑀有咏二疏三良荆軻詩淵明擬之厥意固有在矣

讀山海經十三首

〔原注〕山海經凡十八篇劉歆校定載海内外絶域山川人物之異王充論衡及吳越春秋皆以爲禹治水無遠不至凡所見聞伯益疏而記之郭璞爲注并圖讚

孟夏草木長遶屋樹扶疎衆鳥欣有託吾亦愛吾廬既耕亦已種時文選作且還讀我書窮巷隔深轍頗回故人車〔韓詩外傳〕楚狂接輿妻曰門外車轍何其深歡言一作然酌春酒摘我園中蔬微雨從東來好風與之俱泛覽周王傳〔文獻通考〕穆天子傳晉太康二年汲郡民登古冢所得流觀山海圖俯仰終宇宙不樂選作染復

沈云觀物觀我純乎元氣

何云王母自謠耳豈爲周王亦自道一譚一詠與世俗了不相關也

何如　淡雅疎放于題不泥不遠的是第一首法

〔劉坦之〕曰此詩凡十三首皆記二書所載事物之異而此發端一篇特以寫幽居自得之趣耳衆鳥有託吾愛吾廬隱然有萬物各得其所之妙

玉臺（一作堂）凌霞秀王母怡妙顏〔山海經〕玉山是西王母所居也西王母其狀如人豹尾虎齒而善嘯蓬髮戴勝天地共俱生不知幾何年靈化無窮已館宇非一山〔郭璞注〕西王母雖以崑崙之宮亦自有離宮別窟游息之處不專住一山也高酣發清謠寧效俗中言〔穆天子傳〕吉日甲子天子賓於西王母乙丑天子觴西王母於瑶池之上西王母爲天子謠曰白雲在天山陵自出道里悠遠山川間之將子無死尚復能來

〔維章〕曰結句獨曰寧效俗中言有世外之品格者亦必有世外之文章寄意憤俗別開枝節題是讀山海經故每首必另翻議論若依經翻叙是詠山海經非讀矣〔瞻泰〕按公滿肚嫉俗之意卻借世外語以發之寄託深遠末句煞出眼目

迢遞槐江嶺是爲元圃丘西南望崑墟（一作崙）光氣難

何云洛、句 當作洛、清瑤流按山海經槐江之山爰有瑤水其清洛、注水流下之貌瑤音遙

與儔亭亭明玕照洛洛清瑤流瑤音遙俗作瑤非恨不及周穆託乘一來游〔山海經〕槐江之山其上多琅玕實惟帝之平圃南望崑崙其光熊熊其氣魂魂爰有淫水其清洛洛〔郭注〕平圃玄圃也〔穆天子傳〕銘跡於玄圃之上

〔周少隱〕曰士大夫學淵明作詩往往故爲平澹之語而不知淵明制作之妙已在其中矣如讀山海經云亭亭明玕照落落清瑤流豈無雕琢之巧蓋明玕謂竹清瑤謂水與所謂紅皺曬檐瓦黃團繫門衡者異矣〔何燕泉〕曰竹坡詩話載此詩不知明玕清淫出處以竹水雕刻之工比諸退之所謂紅皺黃團者良可笑〔梅鼎祚〕曰琅玕玉屬後人取以比竹耳豈得直指爲竹耶

丹木生何許迺在峚山陽峚音密黃花復朱實食之壽命長白玉凝素液瑾瑜發奇光豈伊君子寶見重我軒黃〔山海經〕峚山其上多丹木黃華赤實味如飴食之不飢丹水出焉其中多白玉是有玉膏黃帝是食是饗黃帝乃取峚山之玉榮而投之鍾山之陽瑾瑜之玉爲良堅栗精密潤澤而有光天地鬼神是食是饗君子服之以禦不祥

維章曰經於丹木只云食之不飢此獨增以可長壽命繆於是有玉膏曰黃帝是食是饗曰黃帝取玉英投之鍾山君子服之以禦不祥義主雙竪此獨抑君子而專歸軒黃黃帝食丹木後乃鼎湖上昇則不止於充飢明矣君子所服由黃帝分餘膏則此實固非君子有矣軒黃功也

增補處歸重處俱從經細體認生奇原非鑿空

翩翩三青鳥毛色奇（一作甚）可憐朝爲王母使暮歸三危山（山海經三危之山青鳥居之郭璞注今在燉煌郡竄三苗于三危是也三青鳥主爲西王母取食別自栖息於此山也）我欲因此鳥具向王母言（楚詞願寄言於三鳥兮去飄疾而不得）在世無所須惟酒與（一作願此）長年

瞻泰按前首寧效俗中言是欲聽王母之謡此首在世無所須是欲索王母之食總是眼前苦遭俗物聒頻爲出世之想奇思異趣超超著矣

逍遥蕪皋上杳然望扶木洪柯百萬尋森散覆暘谷靈人侍丹池朝朝爲日浴神景一登天何幽不

見燭〔山海經〕大荒之中有山曰孽搖頵羝上有扶木柱三百里有谷曰湯源谷上有扶木一日方至一日方出〔又〕東南海之外甘水之間有羲和之國女子曰羲和方日浴於甘淵〔又〕湯谷上有扶桑十日所浴在黑齒北居水中有大木九日居下枝一日居上枝〔十洲記〕扶桑在碧海中樹長數千丈一千餘圍兩兩同根更相依倚故曰扶桑〔淮南子〕出於暘谷浴於咸池拂於扶桑是謂晨明

〔維章〕曰此合拈經文發議能燭者日也天象也佐燭者浴日之人也人力也天非人不成事事皆然卻從燕阜上作遥望燕則幽而難燭矣惟幽而望燭是可逍遥也胸中别有低昂

粲粲三珠樹寄生赤水陰〔山海經〕三珠樹在厭火北生赤水上其樹如柏葉皆爲珠亭亭凌風桂八幹共成林〔山海經〕桂林八樹在番禺東〔注〕八樹而成林言其大也靈鳳撫雲舞神鸞調玉音雖非世上寶爰得王母心〔山海經〕王母之山鸞鳥自歌鳳鳥自舞〔維章〕曰三珠八桂不在王母山中卻拈來合咏直欲將山川更移一番以他處所有補仙地所無想頭奇絶雖非世上寶一語翻駁尤深縱有鸞歌鳳舞之區總非世俗名利心腸所欲得但有王母世外之神此鳥以歌舞叶其胸懷耳

何云夸父句　妙在縱其詞以夸之後人不窺此妙也

自古皆有沒何人得一作獨靈長不死復不老萬歲如平常赤泉給我飲員丘足我糧〔山海經〕不死民在交脛國東其人黑色壽不死〔郭注〕員丘山上有不死樹食之乃壽亦有赤泉飲之不老〔列子〕北海之北其國名曰終北有山名壺嶺頂有口名曰滋穴有水湧出名曰神瀵臭過椒蘭味過醪醴分注山下一國亡扎厲不夭不病人倦則飲神瀵周穆王過其國三年忘歸方與三辰游壽考豈渠央〔左〕三辰日月星也〔王棠〕曰渠其據切音遽古樂府丈人且安坐調絃未遽央史記尉佗曰使我居中何渠不若漢漢書渠作遽〔維章〕曰於經文添出給飲足糧若疲之於衣食多壽祇爲苦況耳必有給我者足我者乃可願也每拈一經輒別創一議或翻案或添合〔何燕泉〕曰東坡云陶淵明讀山海經十三首其七首皆仙語所謂仙語者其第二首至此首歟

夸父誕宏志乃與日競走俱至虞淵下似若無勝負〔山海經〕夸父與日逐走入日渴欲得飲飲於河渭河渭不足北飲大澤未至道渴而死棄其杖化爲鄧林〔注〕夸父神人之名也〔又〕大荒之中有山曰成都載天有人曰夸父不量力欲追日景逮之於禺谷將飲河而不足也將走大澤未至死於此〔注〕禺淵日所入也今作虞〔程崟〕曰二經各有

何云餘迹二句 其爲夸也死猶不悟

何云精衛句 周益公云宣和末臨漢曾紘謂形夭無千歲當作形天舞干戚某初喜其援証甚明已而再味前篇專詠夸父事次篇亦當專詠精衛不應旁及他獸今觀康節只從舊本則紘言似未可凴矣按尤延之所開山海經作形夭

意義原注合書詩意不顯

神力既殊妙傾河焉足有餘迹寄鄧林

功竟有（一作在）身後

［維章］曰夸父事經凡兩載此合枯翻案也既已逮矣復何分勝負而云不量力哉俱至似若判斷甚明却再從傾河紀力化林紀功如走竭必不能作傾河之飲然則其死也蟬脫變化耳豈屬力竭至於鄧林功貽後世則僅僅鬬力又不足道矣寓意甚遠甚大天下忠臣義士反身之時事或有所不能濟而其志其功足留萬古者皆夸父之類非俗人所能知也胸中饒有憂憤

精衛銜微木將以塡滄海形夭無千歲（一云刑天舞干戚）猛志故常在

［山海經］發鳩之山有鳥曰精衛是炎帝之少女名曰女娃游於東海溺而不返故爲精衛常銜西山之木石以堙於東海［又］刑天與帝爭神帝斷其首葬之常羊之山乃以乳爲目以臍爲口操干戚以舞

同物既有慮化去不復悔徒設在昔心良辰詎可待

［曾端伯］曰余嘗評陶公詩語造平淡而用意深遠外若枯槁中實敷腴眞詩人之冠冕也平生酷愛此作每以世無善本爲恨其詩曰形夭無

千歲猛志固常在疑上下文義不相貫遂取山海經參校有云刑天獸名也口中好銜干戚而舞乃知此句是刑天舞干戚故與猛志固常在相應五字皆訛〔維章〕曰一爲既逝之愧一爲既斷之身恰可相配合括以寄憤因游海故被溺因爭神故被斷是謂同物有慮被溺而化爲飛鳥仍思填海被斷而化爲無首仍思爭舞是謂化去不悔海未必可塡舞未足終勝死後無裨生前虛願難當實事時與志相違是謂昔心徒設良辰難待起曰將以故常推尊一番結曰徒設詎可憑弔百倍志士之爲精衛刑天者何可勝歎懦夫之不知有精衛刑天者何可勝嗤想當日讀經時開卷掩卷牢騷極矣〔瞻泰〕按刑天舞干戚江州本作形夭無千歲宣和中曾紘以世無善本疑上下文義不相貫遂以山海經刑天好銜干戚改正爲與猛志固常在相應岑穰晁詠之皆以爲然洪容齋載其說于四筆中周紫芝竹坡詩話襲爲己說邢凱坦齋通編亦取洪内翰之言爲是惟周益公辨其不然又按朱子語録或問形夭無千歲改作刑天舞干戚如何曰山海經分明如此說惟周丞相不信改本向薌林家藏邵康節寫陶詩一冊乃作形夭無千歲周遂跋尾以康節手書爲據以爲後人妄改向家子弟攜來求跋某細看亦不是康節親筆因不欲破其前說遂還之則知考亭亦以刑天爲然矣又王應麟困學紀聞陶靖節之讀山海經猶屈子之賦遠游也精衛銜微木將以塡滄海刑天舞干戚猛志固常在悲痛之深可爲流涕黃維章云云亦祖改本而詳爲之說獨二老堂詩話云靖節此題十三篇大槩篇指一事

如前篇之所言夸父同此篇恐當專説精衛銜木塡海無千歲之壽而猛志常在化去不悔若並指刑天似不相續又況末句云徒設在昔心良辰詎可待何預干戚之猛云云吾友汪洋度宗之著論云曾氏以一已臆見非確據舊時佳本流傳至今不勝詞費詳形夭句乃一篇點睛處上下義未嘗不貫塡海正須待千歲也志在與形夭應故字又與無字應摻入刑天則第二句爲不了語第四句爲無根語矣若以舞干戚爲猛而銜木塡海者其猛何如化去即承形夭徒設在昔心因形夭故也良辰詎可待暗與無千歲應至同物句不敢強爲之解然必謂精衛與刑天爲同亦屬牽合一語之譌數百年聚訟今並存之以俟博考〔程崟〕曰結二語顯然易代之悲無復良辰可待設心良苦矣一生心事畢露於此可想見讀經本懷

巨猾肆威暴欽駓違帝旨窫窳（音軋愈）強能變祖江遂獨死〔山海經〕鍾山神其子曰鼓人面龍身是與欽駓殺葆江於崑崙之陽帝乃戮之欽駓化爲大鶚見則有大兵鼓亦化鵕鳥見則其邑大旱〔注〕葆或作祖〔又〕貳負與其臣曰危殺窫窳帝乃梏之疏屬之山〔又〕窫窳龍首居弱水中食人〔注〕本蛇身人面爲貳負臣所殺復化而成此物也

明明上天鑒爲惡不可履長枯固已劇鵕鶚豈足

查云鵃鵝句　當作鴟鴸

恃

〔維章〕曰借題刺世數句之中錯綜曲折欽駓貳負均違帝旨窫窳祖江均苟帝憐者也窫窳受屈又復能變其強猶足以自存祖江死後獨無聞焉則祖江尤爲帝之所憐矣違帝旨者終爲帝所梏戮庶幾足昭爲惡之報然窫窳之寃魂以能變爲足幸駓鼓之惡魂亦將以能化爲足逞如此則伸窫窳不足壓䳄鼓而祖江遂死愈爲可傷帝雖憐祖江而不能使之再生戮䳄鼓而不能使之不化爲惡者不愈肆乎則再深一層爲點醒曰使被帝命而長枯不得復生固爲罰之劇即化鵕鶚亦豈足恃乎善惡之名殊生死又不足論矣翻駁幽奇

鵃鵝當作鴟鴸見城邑其國有放士念彼懷王一作生世當時數來止〔山海經〕柜山有鳥其狀如鴟其名曰鴸見則其縣多放士〔史記〕〔屈原傳〕屈平雖放流睠顧楚國繫心懷王〔維章〕曰數止特繫之懷王爲被放之屈子抱憤虛論作實事用

青丘有奇鳥自言獨見爾〔山海經〕青丘之山有鳥狀如鳩其音若呵名曰灌灌佩之不惑

本爲迷者生不以喻君子

〔維章〕曰二經合拈似不相粘而深意乃大相關放士之主必其迷惑者耳惟無藥可以醫惑故鴸止爲有徵使得佩青鳥而不惑則鴸即見而

士可不放也因經中不惑字粘出本爲迷者生翻出不以喻君子鵜鳥即未止而無朝不有放士青鳥不可得而舉世益多迷人奈之何哉所恃者有君子之不待佩青鳥耳不然青鳥茫茫無藥鵜鳥益世世有權矣【瞻泰】按因經言放士而忽及懷王是讀書懷古深情眼光四射處諸本皆作懷生世

詩意不明矣

巖巖顯朝市帝者愼用才何以廢共鯀重華爲之來【左傳】舜舉十六相去四凶【書】舜流共工於幽州殛鯀於羽山

仲父獻誠言姜公乃見猜臨没告【史記齊世家】管仲病桓公問易牙開方竪刁仲對曰非人情不可近桓公不用仲言卒用三子三子專權桓公卒尸蟲出於户

饑渴當復何及哉【呂氏春秋】桓公病易牙竪刁常之巫作亂塞公門有一婦人踰垣入至公所公曰我飢欲食我渴欲飲而無所得何故具以對公歎曰死者有知我何面目見仲父乎蒙衣袂而絶於壽宮

【維章】曰首章常言讀書之快至十二章經内所寄懷者遞舉無餘矣却於經外别作論史之感以樂起以悲終有意於布置題只是讀山海經結乃傍及論史有意於隱藏因讀經生肆惡放士之歎故亟承十一十二之後言及舉士黜惡有意於穿插當復何及哉一語大聲哀號益從

言理極盡故言哀極深

靖節詩極含蓄亦有直言無隱無微不到痛快之作

晉室所由式微之故寄憾於此以爲讀山海經之殿使後人尋繹卒章則知引援故實以慨世非侈異聞也

挽歌詩三首

趙泉山曰晉桓伊善輓歌庾晞亦喜爲輓歌每自搖大鈴爲唱使左右齊和袁山松遇出游則好令左右作輓歌類皆一時名流達士習尚如此非如今之人側以爲悼亡語而惡言之也又曰嚴霜九月中送我出遠郊與自祭文律中無射之月相符知輓詞乃將逝之夕作梁昭明文選只題曰挽歌詩而編次本集者不悟乃以爲擬作曾端伯曰秦少游將亡效淵明自作哀挽王平甫亦曰九月清霜送陶令則挽詞決非擬作矣

有生必有死蚤終非命促昨暮同爲人今旦成（一作在）鬼錄魂氣散何之枯形寄空木嬌兒索父啼良友撫我哭得失不復知是非安能覺千秋萬歲後誰知榮與辱但恨在世時飲酒不得足

在昔無酒飲今旦（一作但）湛（一作恨）空觴春醪生浮蟻（張協七命浮蟻）

一氣劉莊十九首而外在漢人亦不多得又極似蔡中郎青、河畔草一篇似以神行此固神到之筆也千年不復朝疊一句跌宕以振之哀響之中發以壯調然彌壯彌哀矣親戚或餘悲他人亦已歌非十九首安得此句

蔣月峯曰只是淺語但以自乾爲奇耳說得自在、不落哀境是達生死語如此方合自挽歌

沈云即所謂萬歲更相送聖賢莫能度也音調彌響哀思彌深

按蘇劉皆不和豈畏死耶

星沸謂酒面之浮者也何時更能嘗肴案盈我前親舊哭我傍欲語口無音欲視眼無光昔在高堂寢今宿荒草鄉一本有荒草無人眠極視正茫茫二句一朝出門去歸來夜未央私案末二句演荒草[illegible]荒草何茫茫白楊亦蕭蕭嚴霜九月中送我出遠郊四面無人居高墳正嶕嶢馬爲仰天鳴風爲自蕭條一云鳥爲動哀鳴林爲結風飈幽室一已閉千年不復朝千年不復朝賢達無一作將奈何向來相送人各自還其家親戚或餘悲他人亦已歌死去何所道託體同山阿

祁寬曰昔人自作祭文挽詩者多矣或寓意騁辭成於暇日靖節絕筆二篇蓋出於屬纊之際辭情俱達尤爲精麗其於晝夜之道了然如此

聯句

何云此文極古

鳴鴈乘風飛去去當何極念彼窮居士如何不歎息淵明雖欲騰九萬扶搖竟何力莊子鵬之徙於南溟也水擊三千里摶扶搖而上者九萬里遠招王子喬雲駕庶可飾悟之顧侶竟徘徊離離翔天側霜露豈不切務從忘愛翼循之高柯濯條幹遠眺同天色思絕慶未看徒使生迷惑淵明○悟之循之集内不再見莫知其姓晉宋書及南史亦無此人王棠曰此咏鳴雁也每人四句氣脈聯貫後人喜作不了語令他人接續反覺彼此情闊此可爲聯句之祖

桃花源 并記

晉太元中武陵人捕魚爲業緣溪行忘路之遠近忽逢桃花林夾岸數百步中無雜樹芳草鮮美落

何云率妻句　曰邑人則先世固所謂彼都人士者也

英繽紛漁人甚異之復前行欲窮其林林盡水源便得一山山有小口髣髴若有光便捨舟從口入初極狹纔通人復行數十步豁然開朗土地平曠屋舍儼然有良田美池桑竹之屬阡陌交通鷄犬相聞其中往來種作男女衣著悉如外人黃髮垂髫並怡然自樂見漁人乃大驚問所從來具荅之便要還家設酒殺鷄作食村中聞有此人咸來問訊自云先世避秦時亂率妻子邑人來此絶境不復出焉遂與外人間隔問今是何世乃不知有漢無論魏晉此人一一爲具言所聞皆歎惋餘人各

何云嬴氏句 謂以十月爲正舉一端以概其餘也

復延至其家皆出酒食停數日辭去此中人語云不足爲外人道也既出得其船便扶向路處處誌之及郡下詣太守說如此太守卽遣人隨其往尋向所誌遂迷不復得路南陽劉子驥高尚士也聞之欣然親往未果尋病終遂無問津者〔桃源經〕桃源山在縣南一十里西北沅水曲流而南有障山東帶紗羅溪周迴三十有三里〔一統志〕桃源山在桃源縣南二十里西南有桃源洞一名秦人洞洞北有桃花溪〔蒙齋筆談〕陶淵明所記桃花源今鼎州桃花觀卽是其處湖湘間人言自晉宋來由此上昇者六人劉子驥見晉書隱逸傳卽劉驎之子驥其字也傳子驥采藥衡山深入忘返見一澗水南有二石囷一閉一開開者水深廣不可過試問其間皆仙靈方藥諸雜物既還失道從伐木人問徑始得歸後更欲往終不復得大類桃源事但不見其人耳

嬴氏亂天紀〔書〕俶擾天紀〔劉坦之〕曰卽洪範所謂歲月日星辰厤數是也 賢者避其世黃

何云雖無句與亂天紀相對兼收足遯世　怡然句暗藏淳字　於何勞智慧世外之淳也彌縫使其淳名教中之淳也

綺之商山伊人亦云逝往跡寖復湮來逕遂蕪廢相命肆農耕日入從所憩桑竹垂餘蔭菽一作黍稷隨時藝春蠶取一作收長絲秋熟靡王稅荒路曖交通雞犬互鳴吠俎豆猶古法衣裳一作冠無新製童孺縱行歌班白歡游詣草榮識節和木衰知風厲雖無紀曆誌四時自成歲怡然有餘樂於何勞智慧奇蹤隱五百〔原注〕桃花源記言太元中事詩云奇蹤隱五百韓退之桃源圖詩又以爲六百〔洪慶善〕曰自始皇三十三年築長城明年焚詩書又明年坑儒生三十七年胡亥立三年而滅於漢二漢四百二十五年而爲魏魏四十五年而爲晉至孝武寧康三年通五百八十八年明年改元太元至太元十二年乃及六百年一朝敞神界淳薄既異源旋復還幽蔽借問游方士焉測塵囂外願言躡輕風高舉尋吾

沈云此即羲皇之想也必辨其有無殊為多事

契

〔唐子西〕曰唐人詩云山僧不解數甲子一葉落知天下秋及觀淵明詩雖無紀曆誌四時自成歲便覺唐人費力如此如桃花源記言尚不知有漢何論魏晉可見造語之簡妙蓋晉人工造語而元亮其尤也〔東坡〕曰世傳淵明事多過其實淵明所記止言先世避秦亂來此則漁人所見似是其子孫非秦人不死者也蜀青城山老人村人多壽至有五世孫者道極險遠生不識鹽醯而溪中多枸杞根如龍蛇飲其水故壽近歲道稍通漸能致五味而壽益衰桃源蓋此比也〔胡仔〕曰東坡此論蓋辨証唐人以桃源爲神仙如王摩詰劉夢得韓退之作桃源行是也惟王介甫作桃源行與東坡之語脗合其詞曰望夷宮中鹿爲馬秦人半死長城下避世不獨商山翁亦有桃源種桃者此來種桃經幾春採花食實枝爲薪兒孫生長與世隔雖有父子無君臣漁郎漾舟迷遠近花間相見驚相問世事那知古有秦山中豈料今爲晉聞道長安吹戰塵春風回首一霑巾重華一去寧復得天下紛紛經幾秦〔洪駒父〕曰桃源非神仙余未知狀比來見東坡和陶淵明詩序論其非神仙暗與人意合其敢妄言如此豈非預先偷子二聯詩乎〔洪容齋〕曰陶淵明作桃源記後詩人多賦桃源行不過稱賛仙家之樂唯韓公云神仙有無何渺茫桃源之說誠荒唐世俗那知僞與眞至今傳者武陵人亦不及淵明所以作記之意余竊意桃源之事以避秦爲言至云無論魏晉乃寓意

於劉裕託之於秦以爲喻耳近時胡宏仁仲一詩屈折有意味大略云靖節先生絶世人奈何記爲不考眞先生高步窘末代雅志不肯爲秦民故作斯文寫幽意要似寰海離風塵其説得之矣

附見

讀史述九章

余讀史記有所感而述之

夷齊

二子讓國相將海隅天人革命絶景窮居采薇高歌慨想黄虞已見上貞風凌俗爰感懦夫

箕子

去鄉之感猶有遲遲矧伊代謝觸物皆非哀哀箕

子云胡能夷〔史記〕紂淫亂不止剖比干觀其心箕子懼乃佯狂爲奴紂又囚之〔邢疏〕箕子紂之諸父〔易〕箕子之明夷利貞〔正義〕曰夷者傷也箕子正不憂危故曰利貞狡童之歌悽矣其悲〔通鑑前編〕箕子朝周過故殷墟傷故都宮室毀壞生禾黍作麥秀之歌曰麥秀漸漸兮禾黍油油兮彼狡童兮不與我好兮殷民聞之皆爲流涕〔瞻泰〕按首二句以孔子遲遲去鄉國形起代謝之深可悲也箕子之明夷翻案見奇雖爲古人知己亦實陶公寫照

管鮑

知人未易相知實難淡美初交〔禮〕君子之交淡若水利乖歲寒管生稱心鮑叔必安奇情雙亮令名俱完〔史記〕管仲曰吾始窮困嘗與鮑叔賈分財利多自與鮑叔不以我爲貪知我貧也〔又〕生我者父母知我者鮑子也〔又〕天下不多管仲之賢而多鮑叔能知人也〔王棠〕曰必安二字寫出鮑叔之心若有一毫勉強便不稱知己然爲管易爲鮑難故詩中重在鮑一邊雙亮二字斷得確不亮則晦晦則疑何以云知心耶

程杵

遺生良難，士爲知已。〔漢書〕士爲知已者死。望義如歸，允伊二子。程生揮劍，懼茲餘恥。〔史記〕屠岸賈將作難，攻趙氏於下宮，殺趙朔，滅其族。朔妻成公姊有遺腹，走公宮匿，生男。屠岸賈索於宮中，已脫。程嬰謂公孫杵臼曰：「今一索不得，且復索之，奈何？」杵臼曰：「立孤與死孰難？」程嬰曰：「死易，立孤難。」杵臼曰：「趙氏先君遇子厚，子彊爲其難者，吾爲其易者，請先死。」乃二人謀取他人嬰兒，匿山中。程嬰出，謬告趙氏孤處。諸將遂殺杵臼與孤兒，而趙氏眞孤乃反在程嬰。卒與俱匿山中，居十五年，晉景公求立趙後，滅屠岸賈，與趙武田邑如故。程嬰乃辭諸大夫曰：「我將下報趙宣孟與公孫杵臼。彼以我爲能成事，故先我死。今我不報，是以我事爲不成。」遂自殺。〔王棠〕曰：程如不死，便負杵爲恥矣，故曰「懼茲餘恥」。令德永聞，百代見紀。

七十二弟子

恂恂舞雩，莫曰匪賢。俱映日月，共飡至言。慟由才難，感爲情牽。回也早夭，賜獨長年。

屈賈

進德修業將以及時【易】君子進德修業欲及時也 如彼稷契孰不願之嗟乎二賢逢世多疑【史記】屈原名平楚之同姓也爲楚懷王左徒王甚任之上官大夫讒之王怒而疎屈平作離騷賈生名誼雒陽人孝文帝説之一歲超遷至大中大夫絳灌之屬害之出爲長沙王太傅【瞻泰】按二賢俱以信而見疑者 侯瞻寫志瞻當作詹【離騷卜居】屈平既放三年不得復見竭智盡忠蔽鄣於讒心煩智亂不知所從乃往見太卜鄭詹尹曰余有所疑願因先生決之 感鵩獻辭【史記】賈生爲長沙王太傅三年有鵩飛入賈生舍楚人命鴞曰服賈生自以爲壽不得長傷悼之乃爲賦以自廣

韓非

豐狐隱穴以文自殘【韓子】翟人獻狐皮於晉文公文公受皮而歎曰以皮之美自爲罪也 君子失時白首抱關巧行居災伎辯召患哀矣韓生竟

死說難（史記）韓非者韓之諸公子也喜刑名法術之學爲說難書甚具終死於秦不能自脫

魯二儒

易代隨時迷變則愚介介若人特爲貞夫德不百年污我詩書逝然不顧被褐幽居（史記）漢五年已并天下高帝悉去秦苛儀法爲簡易羣臣飲酒爭功拔劍擊柱高帝患之叔孫通請徵魯諸生共定朝儀魯有兩生不肯行曰今天下初定死者未葬傷者未起又欲起禮樂禮樂所由起積德百年而後可興也吾不忍爲公所爲叔孫通笑曰眞鄙儒也

張長公

遠哉長公蕭然何事世路多端皆爲我異斂轡朅來獨養其志寢跡窮年誰知斯意（史記）張釋之子曰摯字長公官至大夫免以不能取容當世故終身不仕

東坡曰讀史述九章夷齊箕子蓋有感而云去之五百餘載吾猶識其意也葛常之曰淵明讀史九章其間皆有深意其尤章章者如夷齊箕子魯二儒三篇夷齊云天人革命絕景窮居貞風厲俗爰感懦夫箕子云去鄉之感猶有遲遲矧伊代謝觸物皆非魯二儒云易代隨時迷變則愚介介若人特為貞夫由是觀之則淵明委身窮巷甘黔婁之貧而不自悔者豈非以恥事二姓而然耶瞻泰按讀史述九章原不列詩集内然語以韻行與詩不甚遠且九章之内發抒忠憤為多尤淵明一生大節正猶屈子之九歌也附於詩後似不嫌創

陶詩彙注卷四

詩話

蕭德施（統）曰淵明文章不羣詞采精拔跌宕昭彰獨超衆類抑揚爽朗莫之與京横素波而傍流干青雲而直上語時事則指而可想論懷抱則曠而且眞加以貞志不休安道苦節不以躬耕爲恥不以無才爲病自非大賢篤志與道汚隆孰能如此乎（陶集原序）

鍾仲偉（嶸）曰陶潛詩其源出於應璩又協左思風力文體省靜殆無長語篤意眞古辭興婉愜每觀其文想其人德世嘆其質直至如懽言酌春酒日

暮天無雲風華清靡豈直爲田家語耶古今隱逸詩人之宗也（詩品）

陽子烈（休之）曰陶潛之文辭采雖未優而往往有奇絕異語放逸之致棲托仍高（序錄）

葉少藴（夢得）曰詩品論淵明以爲出於應璩此語不知其所據應璩詩不多見惟文選載其百一詩一篇所謂下流不可處君子愼厥初者與陶詩了不相類五臣注引文章錄云曹爽用事多違法度璩作此詩以刺在位意若百分有補於一者淵明正以脫略世故超然物外爲意顧區區在位者何

足槩其心哉且此老何曾有意欲以詩自名而追取一人而模放之此乃當時文士與世進取競進而爭長者所爲何期此老之淺蓋嶸之陋也石林詩話

僧思悅曰梁鍾記室嶸評先生之詩爲古今隱逸詩人之宗今觀其風致孤邁蹈厲淳深又非晉宋間作者所能造也陶集書後

蘭莊詩話曰鍾嶸品陶潛詩文體省靜殆無長語篤意眞古辭眞婉愜古今隱逸詩人之宗也可謂知言矣而寘之中品其上品十一人如王粲阮籍輩顧右於潛耶論者稱嶸洞悉元理曲臻雅致標

揚極界以示法程自唐而上莫及也吾獨惑於處潛焉

林君復逋曰陶淵明無功德及人而名節與功臣義士等何耶蓋顏子以退爲進甯武子愚不可及之徒歟

蘇子瞻軾曰古之詩人有擬古之作矣未有追和古人者也追和古人則始於東坡吾於詩人無所甚好獨好淵明之詩淵明作詩不多然其詩質而實綺癯而實腴自曹劉鮑謝李杜諸人皆莫及也吾前後和其詩凡百有九篇至其得意自謂不甚

愧淵明然吾之於淵明豈獨好其詩也哉如其爲人實有感焉淵明臨終疏告儼等吾少而窮苦每以家弊東西游走性剛才拙與物多忤自量爲已必貽俗患僶俛辭世使汝等幼而飢寒淵明此語蓋實録也吾眞有其病而不蚤自知半世出仕以犯大患此所以深愧淵明欲晚節師範其萬一也東坡詩話下同

又曰孔文舉云坐上客常滿樽中酒不空吾無事矣此語甚得酒中趣及見淵明云偶有佳酒無夕不傾顧影獨盡悠然復醉便覺文舉多事矣

又曰所貴於枯淡者謂外枯而中膏似淡而實美淵明子厚之流是也若中邊皆枯亦何足道佛言譬如食蜜中邊皆甜人食五味知其甘苦皆是能分別其中邊者百無一也

范元實溫曰東坡和貧士詩夷齊恥周粟高歌誦虞軒祿產彼何人能致綺與園古來辟世士死灰或餘烟末路益可羞朱墨手自研淵明初亦仕絃歌本誠言不樂乃徑歸視世嗟獨賢此言夷齊自信其去雖武王不能挽之使留四皓自信其進雖產祿之聘亦爲之出蓋古人無心於功名信道而

進退故其名之傳如死灰之餘烟也後世君子既不能以道進退又不能忘世俗之毀譽多作文以自名其出處故曰朱墨手自研若淵明初亦仕絃歌本誠言蓋無心於名雖晉末亦仕合於綺園之出其去也亦不待以微罪行不樂乃徑歸合於夷齊之去其進退蓋相似使其易地未必不追蹤二子也東坡作文工於命意必超然獨立於衆人之上非如昔人稱淵明以退爲高耳 潛溪詩眼

劉後村克莊曰士之生世鮮不以榮辱得喪撓敗其天眞者淵明一生惟在彭澤八十餘日涉世故

餘皆高枕北窗之日無榮惡乎辱無得惡乎喪此其所以爲絕唱而寡和也二蘇公則不然方其得意也爲執政侍從及其失意也至下獄過嶺晚更憂患於是始有和陶之作二公雖惓惓於淵明未知淵明果恁可否後村詩話

朱文公曰淵明詩所以爲高正在不待安排胸中自然流出東坡乃篇篇句句依韻而和之雖其高才似不費力然已失其自然之趣矣朱子文集

黃魯直庭堅曰東坡在潁州時因歐陽叔弼讀元載傳歎淵明之絕識遂作詩云淵明求縣令本緣

食不足束帶向督郵小屈未爲辱翻然賦歸去豈不念窮獨重以五斗米折腰營口腹云何元相國萬鍾不滿欲胡椒銖兩多安用八百斛以此殺其身何翅抵鵲玉往者不可悔吾其反自燭淵明隱約栗里柴桑之間或飯不足也顔延之送錢二十萬卽日送酒家與蓄積不知紀極至藏胡椒八百斛者相去遠近豈直睢陽蘇合彈與蜣螂糞丸比哉

又曰寧律不諧而不使句弱寧用字不工不使語俗此庾開府之所長也然有意於爲詩也至於淵

明則所謂不煩繩削而自合者雖然巧於斧斤者多疑其拙窘於檢括者輒病其放孔子曰甯武子其知可及也其愚不可及也淵明之拙與放豈可爲不知者道哉道人曰如我按指海印發光汝暫舉心塵勞先起說者曰若以法眼觀無俗不眞若以世眼觀無眞不俗淵明之詩要當與一丘一壑者共之耳

又曰正賴古人書正爾不能得正宜委運去皆當時語而或者改作上賴古人書止爾不能得甚失語法

又曰血氣方剛時讀此詩如嚼枯木及綿歷世事知決定無所用智又云謝康樂庾義城之詩鑪錘之功不遺餘力然未能窺彭澤數仞之墻者二子有意於俗人贊毀其工拙淵明直寄焉持是以論淵明亦可以知其關鍵也

又曰退之於詩本無解處以才高而好耳淵明不爲詩寫其胷中之妙耳無韓之才與陶之妙而學其詩終樂天耳

陳無已師道曰鮑照之詩華而不弱淵明之詩切於事情但不文耳后山詩話

都　敬穆曰陳後山謂陶淵明之詩切於事情但不文耳此意非也如歸園田居云曖曖遠人村依依墟里煙狗吠深巷中鷄鳴桑樹巔東坡謂如大匠運斤無斧鑿痕如飲酒其一云衰榮無定在彼此更共之山谷謂類西漢文字如飲酒其五云結廬在人境而無車馬喧問君何能爾心遠地自偏王荊公謂詩人以來無此四句又如桃花源記云不知有漢無論魏晉唐子西謂造語簡妙復曰晉人工造語而淵明其尤也後山非無識者其論陶詩特見之偶偏故異於蘇黃諸公耳南濠詩話

韓子蒼駒曰以淵明傳及詩考之自庚子歲始作鎮軍參軍由參軍爲彭澤遂棄官歸是歲乙丑凡爲吏者六歲故曰疇昔居上京六載去還歸然淵明乙巳尚爲建威參軍十一月去彭澤而曰家貧耕植不足自給何也傳言淵明以郡遣督郵至即日解印綬去而淵明自敘以程氏妹喪去奔武昌余觀此士既以違已交病又愧役於口腹意不欲仕久矣及因妹喪即去蓋其孝友如此世人但以不屈於州縣吏爲高故以因督郵而去此士識時委命其意固有在矣豈一督郵能爲之去就哉躬

耕乞食且猶不耻而恥屈於督郵必不然矣

又曰田園六首末篇乃序行役與前五首不類今俗本取江淹種苗在東皋爲末篇東坡亦因其誤和之陳述古本止有五首予以爲皆非也當如張相國本題爲雜詩六首江淹擬詩亦頗似之但擬淵明詩開徑望三益此一句爲不類故人張子西向予如此說余亦以爲不然淹之比淵明情致徒效其語乃取歸去來句以充入之固應不類予觀古今詩人唯韋蘇州得其清閒尚不得其枯澹柳州獨得之但憾其少遒耳柳州詩不多體亦備衆

家唯效陶詩是其性所好獨不可及也

遯齋閒覽曰文選有文通擬古詩三十首如擬休上人閨情詩云日暮碧雲合佳人殊未來今人遂用爲休上人詩故事又擬陶淵明歸田園詩云種禾在東皋苗生滿阡陌今亦在陶淵明集中皆誤也

洪景盧邁曰陶淵明歸田園居六詩其末一篇乃江文通雜體三十篇之一明言斆陶徵君田居蓋陶之三章云種豆南山下草盛豆苗稀晨興理荒穢帶月荷鋤歸故文通云雖有荷鋤倦濁酒聊自

適正擬其意也今陶集誤編入東坡据而和之未深考耳容齋隨筆

郎仁寶瑛曰陶詩歸田第六首末篇人以謂江淹者韓子蒼辯其江淹雜擬似陶詩耳但開徑望三益江淹不類予以爲此句固不類而前說種苗後結桑麻陶公亦不如此雜且江詩通篇一字不差豈江竊陶者耶竊之則諸篇之擬何如問來使一篇東澗以爲晚唐人因太白感秋詩而僞爲之殊不知乃宋蘇子美所作好事者混入陶集中巨眼者自能辨之七修類稿

嚴儀卿羽曰西清詩話載晁文元家所藏陶詩有問來使一篇云爾從山中來云云予謂此篇誠佳然其體製氣象與淵明不類得非太白逸詩後人謾取以入陶集耳滄浪詩話

許彥周顗曰春水滿四澤夏雲多奇峰秋日揚明輝冬嶺秀孤松此顧長康詩誤入彭澤集中許彥周詩話

又曰陶彭澤詩顏謝潘陸皆不及者以其平昔所行之事賦之於詩無一點愧辭所以能爾仝上

遯齋閒覽曰六一居士推重淵明歸去來以爲江左高文當世莫及涪翁云顏謝之詩可謂不遺鑪

錘之功矣然淵明之墻數仞而不能窺也東坡晚年尤喜淵明詩在儋耳遂盡和其詩荆公在金陵作詩多用淵明詩中事至有四韻詩全使淵明事者曰先生歲晚事田園魯叟遺書廢討論問訊桑麻憐已長按行松菊喜猶存農人調笑追尋壑稚子歡呼出候門遥謝載醪祛惑者吾今欲辨已忘言

劉後村曰四言自曹氏父子王仲宣陸士衡後唯陶公最高停雲榮木等篇殆突過建安矣後村詩話

王復齋厚之曰淵明詩雖留身後名生前亦枯槁

死者何所知稱心固爲好是不慕身後名也及擬古乃云生有高世名既没傳無窮是欲名彰也二意相反如張季鷹云與我身後名不如生前一杯酒與陶前詩相類 復齋謾録

又曰文選五臣注云淵明詩晉所作者皆題年號入宋所作但題甲子而已意者恥事二姓故以異之思悅考淵明之詩有以題甲子者始庚子距丙辰凡十七年間只九首耳皆晉安帝時所作也中有乙巳歲三月爲建威參軍使都經錢溪作此年秋乃爲彭澤令在官八十餘日即解印綬賦歸去

來兮辭後一十六年庚申晉禪宋恭帝元熙二年也蕭德施作傳曰自宋高祖王業漸隆公不復肯仕於淵明之出處得其實矣寧容晉未禪宋以前輙恥事二姓而所作詩但題甲子以自取異哉矧詩中又無標晉年號者其所題甲子蓋偶記一事耳余觀南史傳亦云所著文章皆題其年月義熙以前明書晉氏年號自永初以來唯云甲子而已乃知南史之失有自來 復齋謾錄

嚴有翼曰秦少游言宋初受命陶潛自以祖侃晉世宰輔恥復屈身投劾而歸耕於潯陽其所

著書自義熙以前題晉年號永初以後但題甲子而已魯直詩亦有甲子不數義熙前之句此說蓋出五臣文選注是知少游尚惑於五臣文選其他可知 藝苑雌黃

郎仁寶瑛曰五臣注文選以淵明詩晉所作者皆題年號入宋但題甲子意謂恥事二姓故以異之後世因仍其說雖少游魯直亦以爲然也治平中虎丘僧思悅編陶之詩辨其不然謂淵明之詩有題甲子者始庚子距丙辰凡十七年詩一十二首皆安帝時作也至恭帝元熙二年庚申始禪宋夫

自庚子至庚申計二十年豈有晉未禪宋之前二十年内輙恥事二姓而所作卽題甲子以自異哉矧詩中又無標晉年號者所題甲子但記一時事耳其説出而舊疑釋矣後蔡采之碧湖雜記又云元興二年桓元簒位繼而劉裕秉政至元熙二年始受禪前此名雖爲晉實則非也故恭帝曰桓元之時晉已無天下重爲劉公所延今日之事本所甘心計時逆推正二十年也蓋淵明逆知末流必至革代故所題云云以予論之若唐若宋天下危而復安常有之也豈可逆料二十年後事耶故唐

韓偓之詩亦紀甲子耳後因全忠簒唐人遂以爲有淵明之志蔡説謬矣惜思悅尚辨未至若曰二十年間陶詩豈止十二首耶且未革之時逆知卽題甲子而永初元嘉之作如贈長沙族祖王撫軍座中送客者反不題甲子何耶至於述酒篇内豫章抗高門重華固靈墳流淚抱中歎平生去舊京正指宋廹恭帝之義又何不題甲子耶蓋偶爾題之後人偶爾類之豈陶公之意耶因復辨之以足思悅之義 七修類稿

吴正傳 師道 曰乾道五年林栗守州時所刊第三

卷首有此序思悦者不知何人但其所言甚當而有未盡且宋書南史皆云自宋高祖王業漸隆不復肯仕所著文章皆題年月義熙以前明書晉氏年月自永初以來唯云甲子而已蓋自沈約李延壽皆然李善因之不獨五臣誤也今考淵明文唯祭程氏妹文書義熙三年祭從弟敬遠則書歲在辛亥自祭文則曰歲惟丁卯丁卯在宋元嘉四年辛亥亦在安帝時則所謂一時偶記者信得之矣

正傳
詩話

何燕泉孟春曰艇齋詩話有云思悦者虎丘寺僧

治平中曾編淵明集吳蓋未考於此艇齋記曾季貍語亦以思悅此序信而有徵按碧湖雜記元興五年桓元篡位晉氏不絕如綫得劉裕而始平改元義熙自此天下大權盡歸於裕淵明賦歸去來兮實義熙元年也至十四年劉公爲相國恭帝即位改元元熙至二十年庚申禪宋觀恭帝之言曰桓氏之時晉氏已無天下重爲劉公所延將二十載今日之事本所甘心詳味此語劉氏自庚子得政至庚申革命凡二十年淵明自庚子以後題甲子者蓋逆知其末流必至於此忠之至義之盡也

思悅殆不足以知之困學紀聞左傳引商書曰沉潛剛克高明柔克洪範言惟十有三祀箕子不忘商也故謂之商書陶淵明於義熙後但書甲子亦箕子之志也陳咸用漢臘亦然陶集注

梅禹金鼎祚曰自前說一出而陶詩或目曰感憤或託曰譏諷弁其間遠恬澹之旨索然矣靖節恥事異姓誠有之然何必於詩題甲子示意也詩乘

朱文公曰晉宋人物雖曰尚清高然這邊一面清談那邊一面招權納貨淵明眞能不要此所以高於晉宋人物

又曰作詩須從陶柳門中來乃佳不如是無以發蕭散冲澹之趣不免於局促塵埃無由到古人佳處

又曰陶淵明詩平淡出於自然後人學他平淡便相去遠矣某後生見人做得詩好銳意要學遂將淵明詩平仄用字一一依他做到一月後便解自做不要他本子方得作詩之法

又曰韋蘇州詩直是自在其氣象近道陶却是有力但詩健而意閒隱者多是帶性負氣之人爲之陶欲有爲而不能者也又好名韋則自在

又曰陶元亮自以晉世宰輔子孫恥復屈身後代自劉裕簒奪勢成遂不復仕雖其功名事業不少槩見而其高情逸想播於聲詩者後世能言之士皆自以爲莫能及也蓋古之君子其於天命民彝君臣父子大倫大法之所在惓惓如此是以大者既立而後節概之高語言之妙乃有可得而言者

陸子靜九淵曰李白杜甫陶淵明皆有志於吾道

又曰詩自黄初而降日以漸薄惟彭澤一源來自天稷與衆殊趣而淡薄平夷玩嗜者少

楊中立時曰淵明詩所不可及者冲澹深粹出於

自然若曾用力學然後知淵明詩非著力所能成也龜山語録

敖器之陶孫曰陶彭澤詩如絳雲在霄舒卷自如

眞西山德秀曰淵明之作宜自爲一編以附於三百篇楚詞之後爲詩之根本準則

又曰予聞近世之評詩者淵明之辭甚高而其指則出於莊老康節之辭若卑而其指則原於六經以予觀之淵明之學正自經術中來故形之於詩有不可掩榮木之憂逝水之歎也貧士之詠簞瓢之樂也飲酒末章有曰羲農去我久舉世少復眞

汲汲魯中叟彌縫使其淳淵明之智及此豈元虛之士可望耶雖其遺榮辱一得喪眞有曠達之風觀其詩辭亦悲涼感慨非無意世事者或者徒知義熙以後不著年號爲恥事二姓之驗而不知其惓惓王室蓋有乃祖長沙公之心獨以力不得爲故肥遯以自絕食薇飲水之言銜木填海之喻至深痛切顧讀者弗之察耳淵明之志若是又豈毀彝倫而外名教者所可同日語乎

白石詩說曰淵明天資既高趣詣又遠故其詩散而莊澹而腴斷不容作邯鄲步也

胡苕溪仔曰東坡云孔子不取微生高孟子不取於陵仲子惡其不情也淵明欲仕則仕不以求之爲嫌欲隱則隱不以去之爲高飢則扣門而食飽則鷄黍以迎客古今賢之貴其眞也余嘗三復斯言可謂至論而冷齋夜話輒竄易其語雜以漢高帝之事決非東坡議論也 苕溪漁隱叢話

蔡約之絛曰淵明詩唐人絕無知其奧者惟韋蘇州白樂天嘗有效其體之作而樂天去之亦自遠甚元和後風俗頓衰不特不知淵明而已然薛能鄭谷乃能自言師淵明能詩云李白終無敵陶公

固不刋谷詩云愛日滿堦看古集只應陶集是吾師 蔡寬夫詩話

又曰柳子厚之貶其憂悲憔悴之歎發於詩者特爲酸楚卒以憤死未爲達理白樂天似能脱屣軒冕然榮辱得失之際錙銖較量而自矜其達亦力勝之耳淵明當憂則憂當喜則喜忽然憂樂兩忘則隨寓皆適未嘗有擇於其間所謂超世遺物者

又曰淵明意趣眞古清澹之宗詩家視淵明猶孔門視伯夷也 西清詩話

羅端良 願 曰淵明嘗有詩云羲農去我久滿世少

復真汲汲魯中叟彌縫使其淳嗚呼自頃諸人祖莊生餘論皆言淳漓朴散繄周孔禮訓使然孰知魯叟爲此將以淳之邪蓋淵明之志及此則其處已審矣 鄂州小集

釋覺範惠洪 曰東坡嘗云淵明詩初視若散緩熟視有奇趣如曰日暮巾柴車路暗光已夕歸人望煙火稚子候簷隙又曰採菊東籬下悠然見南山又曰靄靄遠人村依依墟里煙犬吠深巷中雞鳴桑樹巔大率才高意遠則所寓得其妙遂能如此如大匠運斤無斧鑿痕不知者疲精力至死不悟

如曰一千里色中秋月十萬軍聲半夜潮又曰蝴蝶夢中家萬里子規枝上月三更又曰深秋簾幕千家雨落日樓臺一笛風皆寒乞相一覽便盡初如秀整熟視無神氣以其字露也東坡作對則不然如曰山中老宿依然在架上楞嚴已不看之類更無齟齬之態細味之對偶親的而字不露也此眞得淵明之遺意耳冷齋夜話

黃常明徵曰淵明心乎忠愛非謂枯槁其所以感歎時世推遷者蓋傷時人之急於聲利也非謂亂離其所以愁憤於干戈盜賊者蓋以王室元元爲

懷也俗士何以識之　碧溪詩話

魏鶴山了翁曰世之辨證陶氏者曰前後名字之互變也死生歲月之不同也彭澤退休之年史與集所載之各異也然是所當考而非其要也其稱美陶公者曰榮利不足以易其守也聲味不足以累其眞也文辭不足以溺其志也然是亦近之而其所以悠然自得之趣則未之深識也風雅以降詩人之辭樂而不淫哀而不傷以物觀物而不牽於物吟咏性情而不累於情孰有能如公者乎有謝康樂之忠而勇退過之有阮嗣宗之達而不至

於放有元次山之漫而不著其迹此豈小小進退所能窺其際耶先儒所謂經道之餘因閒觀時因靜照物因時起志因物寓言因志發詠因言成詩因詠成聲因詩成音者陶公有焉

嚴儀卿曰漢魏古詩氣象混沌難以句摘晉以後方有佳句如淵明采菊東籬下悠然見南山謝靈運池塘生春草之類謝所以不及陶者康樂之詩精工淵明之詩質而自然耳　滄浪詩話

湯東澗漢曰陶公詩精深高妙測之愈遠不可漫觀也不事異代之節與子房五世相韓之義同既

不爲狙擊震動之舉又時無漢祖者可托以行其志故必每寄情於首陽易水之間又以荊軻繼二疏三良而發詠所謂拊已有深懷履運增慨然者亦可以深悲其志也已平生危行言孫至述酒一篇始直吐忠憤然猶亂以廋詞千載之下讀者不省爲何話是此翁所深致意者迄不得白於後世尤可以使人增欷而累歎也余竊見其旨因加箋釋以表暴其心事及他篇有可以發明者並著之詩中言本志少說固窮多夫惟忍於飢寒之苦而後能存節義之閑西山之所以有餓夫也世士貪

榮祿事豪後而高談名義自方於古人余未之信也陶詩注

葛常之立方曰陶潛謝眺詩皆平澹有思致非後來詩人怵心劌目雕琢者所爲也老杜云陶謝不枝梧風騷共推激紫燕自超詣翠駮誰剪剔是也大抵欲造平淡當自組麗中來落其紛華然後可造平淡之境如此則陶謝不足道矣今之人多作拙易詩而自以爲平淡識者未嘗不絕倒也梅聖俞和晏相詩云因令適性情稍欲到平淡苦詞未圓熟刺口劌菱芡言到平淡處甚難也李白云清

水出芙蓉天然去彫飾平淡而到天然處則善矣韻語陽秋

又曰東坡拈出淵明談理之語有三采菊東籬下悠然見南山笑傲東軒下聊復得此生客養千金軀臨化消其寶皆以爲知道仝上

都玄敬穆曰淵明不止於知道其妙處亦不止是如云縱浪大化中不喜亦不懼應盡便須盡無復獨多慮望雲慚高鳥臨水愧游魚眞想初在襟誰謂形迹拘朝與仁義生夕死復何求及時當勉勵歲月不待人前途當幾許未知止泊處古人惜寸

陰念此使人懼蓋眞有得於道者非尋常人能蹈其軌轍也

張表臣曰東坡稱陶靖節詩云平疇交遠風良苗亦懷新非古之耦耕植杖者不能識此語之妙也僕居中陶稼穡是力夏秋之交稍旱得雨雨餘徐步清風獵獵禾黍競秀濯塵埃而泛新綠乃悟淵明之句善體物也　珊瑚鉤詩話

休齋曰人之爲詩要有野意語曰質勝文則野蓋詩非文不腴非質不枯能始腴而終枯無中邊之殊意味自長風人以來得野意者淵明而已

陳善曰文章以氣爲主氣韻不足雖有詞藻要非佳作也乍讀淵明詩頗似枯澹久又有味東坡晚年酷好之謂李杜不及也此無他韻而已又曰山谷嘗云白樂天柳子厚俱效淵明作詩而惟子厚詩爲近然以予觀之子厚語近而氣不近樂天學近而語不近子厚氣悽愴樂天語散緩各得其一要於淵明詩未能盡似也東坡亦嘗和陶詩百餘篇自謂不甚愧淵明然坡詩語亦微傷巧不若陶語體合自然也要知陶淵明詩須觀江文通雜體詩中擬淵明作者方是逼眞又曰余每論詩

以陶淵明韓杜諸公皆爲韻勝一日見林倅於徑山夜話及此林倅曰詩有格有韻故自不同如淵明詩是其格高謝靈運池塘春草之句乃其韻勝也格高似梅花韻勝似海棠花予聽之瞿然若有悟 捫蝨新語

楊廷秀 萬里 讀淵明詩有句云故文了無改乃似未見寶貌同覺神異舊玩出新妙

竹林詩評曰陶潛之作如清瀾白鳥長林麋鹿雖弗嬰籠絡可與其潔而隱顯未齊厭欣猶滯直適乎此而不能忘隘乎彼者耶

陳伯敷繹曾曰淵明心存忠義身處閑逸情眞景眞意眞事眞幾於十九首矣至其工夫精密而天然無斧鑿痕又有出於十九首之表者盛唐諸家風韻皆出此文章歐冶

宋景濂濂曰陶元亮天分之高其先雖出於太冲景陽究其所自得直超建安而上之高情遠韻殆有太羹充鉶不假鹽醯而至味自存者也潛溪集

王常宗彝曰陶淵明臨流則賦詩見山則忘言殆不可謂見山不賦詩臨流不忘言又不可謂見山必忘言臨流必賦詩蓋其胸中似與天地同流其

見山臨流皆其偶然賦詩忘言亦其適然故當時人見其然淵明亦自言其然然而爲淵明者亦不知其所以然而然也又何以知其然哉蓋得諸其胷中而已王常宗集

李賓之東陽曰陶詩質厚近古愈讀而愈見其妙韋應物稍失之平易柳子厚則過於精刻世稱陶韋又稱韋柳特槩言之惟謂學陶者須自韋柳而入乃爲正耳懷麓堂詩話

趙鈍叟維寰曰淵明大節自足不朽要以興會所到悠然得句意不在詩亦如琴不必絃書不甚解

云耳必以爲字字句句皆關君父又烏知陶詩不墜經生刻畫苦海乎

楊用修慎曰晉書云陶淵明讀書不求甚解此語俗士之見後世不曉也余思其故自兩漢來訓詁盛行說五經之文至於二三萬言陶心知厭之故超然眞見獨契古初而晚廢訓詁俗士不達便謂其不求甚解矣又是時周續之與學士祖企謝景夷從刺史檀韶聘講禮城北加以讐校所住公廨近於馬肆淵明示以詩云周生述孔業祖謝響然臻馬隊非講肆校書亦以勤蓋不屑之也觀其詩

云先師遺訓今豈云墜又曰詩書敦夙好又云游好在六經又云汎覽周王傳流觀山海圖其著聖賢羣輔録三孝傳贊考索無遺又跋之云書傳所載故老所傳盡於此矣豈世之鹵莽不到心者耶予嘗言人不可不學但不可爲講師溺訓詁見淵明傳語深有契耳　升菴詩話

郎仁寶瑛曰眞西山論陶詩榮木之憂逝川之歎也貧士之咏簞瓢之樂也以公之學在經術中來予又以公經術自性理中來夫以飲酒第五首第一句結廬在人境似靜中有動第二句而無車馬

喧似動中有靜三四句問君何能爾心遠地自偏即心境混融處也五句採菊東籬下是潛心求一六句悠然見南山是得一之徵矣七八句山氣日夕佳飛鳥相與還乃至和充溢表裏盎然九句此中有眞意所立卓爾十句欲辨已忘言正末由也已可見陶公心次渾然無少查滓所以吐詞即理默契道體高出詩人有自哉 七修類稿

又曰有如此江蓋言如此江水流而不返也將無同謂不同也將是乃晉人發語也如淵明詩將非遐齡具是矣 仝上

雪浪日記曰爲詩欲詞格清美當看鮑昭謝靈運欲渾成而有正始以來風氣當看淵明

王元美世貞曰淵明托旨冲澹其造語有極工者乃大入思來琢之使無痕迹耳後人苦一切深沉取其形似謂爲自然謬以千里藝苑卮言

陸平泉樹聲曰陶淵明飲酒田園諸作見者若疑其爲閑淡絶物散誕自居也而不知其雅操堅持苦心獨復處觀其詩曰悽悽失羣鳥日暮猶獨飛徘徊無定止夜夜聲轉悲厲響思清遠去來何依依又云勁風無榮木此蔭獨不衰託身已得所千

載眞相違其特立惕厲若此至其會意忘言處心境廓然此正獨復從道處亦所謂憂世樂天並行不悖長水日抄

鄭厚曰淵明如逸鶴任風閒鷗忘海藝圃折衷

焦弱侯紘曰微衷雅抱觸而成言或因拙以得工或發奇而似易譬之嶺玉淵珠光彩自露先生不知也其與華疏采會無關胸臆者異矣陶集序

江進之盈科曰陶淵明超然塵外獨闢一家蓋人非六朝之人故詩亦非六朝之詩雪濤詩評

張爾躬潔生曰淵明談理之詩如荀得非所欽過

足非所欽此兩句直是造道大關鍵至云且極今朝樂明日非所求又耕織稱其用過此奚所須皆達觀死生榮辱之外非後儒所能窺測某嘗細觀淵明一生恰會著孔顏當日樂處陶詩注

又曰淵明無之非寄凡穫稻飲酒乞食讀書皆寄耳詩又寄之寄也何必銖銖兩兩與餘人較工拙論喜憎哉仝上

顧寧人炎武曰末世人情彌巧文而不慙固有朝賦采薇之篇而夕有捧檄之喜者苟以其言取之則車載魯連斗量王蠋矣曰是不然世有知言者

出焉則其人之眞僞即其意辨之而卒莫能逃也黍離之大夫始而搖搖中而如噎既而如醉無可奈何而付之蒼天者眞也汨羅之宗臣言之重辭之複心煩意亂而其辭不能以次者眞也栗里之徵士淡然若忘於世而感憤之懷有時不能自止而微見其情者眞也其汲汲於自表暴而爲之言者僞也　日知錄

黃維章文煥曰古今尊陶統歸平淡以平淡概陶陶不得見也析之以鍊字鍊章字字奇奧分合隱現險峭多端斯陶之手眼出矣鍾嶸品陶徒曰隱

逸之宗以隱逸蔽陶陶又不得見也析之以憂時念亂思扶晉衰思抗晉禪經濟熱腸語藏本末湧若海立屹若劍飛斯陶之心膽出矣若夫理學標宗聖賢自任重華孔子耿耿不忘六籍無親悠悠生歎漢魏諸詩誰及此解斯則靖節之品位竟當俎豆於孔廡之間彌朽而彌高者也開此三例懸之萬年佳詠本原方免埋没否則摩詰韋孟羣附陶派誰察其胷壤者　陶詩析義

論陶

斜溪吴　菘　綺園

淵明非隱逸流也其忠君愛國憂愁感憤不能自已間發於詩而詞句温厚和平不激不隨深得三百篇遺意或觸目興懷或因時致慨或寓言或正寫或全首寄託或片言感發其一段無可如何心事第託之飲酒學仙躬耕聊以自遣耳若以飲酒詩便作飲酒讀讀山海經詩便作山海經讀田舍詩便作田舍翁讀所謂作詩必此詩便知非詩人矣然此第言其命意大概若必沾沾以其句爲指

某人某首爲指某事支離穿鑿失之又遠況當桓靈寶以後迄劉寄奴受禪幾廿年雖國是日非而玉步未改隱憂寄意時時有之豈可遽牽合易代事耶

停雲時運榮木三篇人指爲悲憤之作雖箕子以狡童喻君夷叔以黄農致慨安在懷良朋懷黄唐有以異哉但前二篇神閒氣靜頗自怡悦絶無悲憤之意即曰憾曰慨亦不過思友春遊即事興懷耳如指爲求同心商匡扶殊屬枝節脂車策驥正欲勉力依道耳敦善耳孰敢不至正與業不增舊

對照亦不必牽合時事也

勸農六章節節相生第三章言虞夏商周熙熙之世士女皆農第四章言叔季即賢達亦隱於農矧衆庶而可游手乎第五章正言勸農第六章反言勸農章法好絕

歸鳥言志也矰繳奚施具見逸然高蹈明哲保身一生出處學問

形贈影首四句言天地山川長存不改草木常物故爾榮悴人爲最靈胡爲亦同草木而不能如天地山川乎草木與人對照得常理與最靈知對照

兹字指天地山川適見在世中以下形極陳其苦也我無騰化術必爾不復疑形以不能長存翻怨到影想頭奇絶結言既不能騰化不如飲酒乃無聊之極思

影荅形首四句言我豈不願騰化以遊崑華但存生不能衛生又拙兹道遂絶耳正自引咎與子相遇來以下影極陳其苦也立善有遺愛胡爲不自竭影又以身後名翻責到形謂生雖不能存名尚可久傳也故末荅其飲酒不足取句句相對

神釋首四句神自謂也與君雖異物四句言與形

影相依故爲兩釋三皇大聖人六句言騰化不能立善無益作總釋日醉或能忘四句抑揚其詞作分釋甚念傷吾生結住形影正宜委運去出已意起下縱浪大化中四句正寫已意也

連雨獨飲所云運生會歸盡致慨甚深故無端欲學仙無端獨飲酒皆無聊之極思托興於此

與殷晉安別深情厚道絶無譏諷意良才不隱世并不以殷之出爲卑江湖多賤貧亦不以已之處爲高各行其志正應語默自殊勢句真所謂肆志無汙隆也

贈羊長史紫芝深谷駟馬貧賤四句皆採四皓歌中語清謠正指此歌也結心曲謂此歌實獲我心也乃人乖運疎異代興懷意何能舒哉蓋公此時尚未隱思以綺甪自況耳

歲暮和張常侍歲暮二字便有意因時起興易代之悲不言自喻矣前後皆極悲憤而中以闕酒爲不樂以化遷爲靡慮正以掩其悲憤之跡

阻風規林計日望舊居寫盡客子情態前四句皆志喜後皆歎也路曲景限江山又險已爲可歎乃風又負我水又窮我遠則高莽緜邈近則夏木蔽

虧百里非遥瞻望弗及與前計日殊相左矣能不永歎

懷古田舍二首氣脉相連起句在昔聞南畝當年竟未踐曰在昔曰當年便是懷古矣聞南畝便伏荷篠沮溺一流人竟未踐便伏孔顔之徒言有此兩種人也二句係二首冒子屢空句緊承未踐春興以下承首句意自序而引植杖古田舍翁以自況作一頓結語即理愧通識所保詎乃淺乃一開一闔若曰顔孔之徒乃通識者若以荷篠沮溺對之即使此理有愧然而耕鑿中所保豈淺哉故次

首槩接先師憂道所謂通識者我愧不能逮瞻望以下皆言耕鑿所保也西田穫稻下潠田舍穫二首以沮溺荷篠自况曰田家豈不苦曰四體誠乃疲曰不言春作苦足知公非田舍翁也明哲保身有託而逃庶無異患干耳此公一生學問也飲酒廿首起曰日夕歡相持結曰君當恕醉人遙作章法而中或言酒或不言飲酒謂之首首言飲酒可謂之非言飲酒亦可自序云辭無詮次不過醉後述懷偶得輙題耳不得太執着也如必以飲

酒爲專言飲酒則述酒亦止謂之述酒乎開口便引召生東陵以自況明明說代謝詎云飲酒乎哉

第二首積善云有報夷叔在西山作一開言天道若不可問善惡苟不應二句作一闔又深於自信故結言固窮百世可傳夷叔即在西山亦復何礙天之報施正不爽也翻用太史公意

第五首採菊東籬下悠然見南山以見字爲妙改一望字神氣索然固已但王厚之云白樂天時傾一尊酒坐望東南山謂爲流俗之失此却不然如淵明採菊之次原無意於山乃忽見山所以爲妙

若對山飲酒何不可云望而必云見耶且如若言勦說雷同有何妙處

第六首行止千萬端行止即出處也誰知非與是人不能審出處耳是非苟相形雷同共譽毀不知是非徒隨聲附和共毀譽耳三季多此事言三季以來皆如此此事即不知是非雷同毀譽之事此等皆咄咄可怪之俗人若達士如黃綺輩定不爾也

第九首深感父老言以下紆轡誠可學作一開違已詎非迷作一闔且共歡此飲再一開吾駕不可

囬冉一闔抑揚盡致
述酒起六句乃感時物之變託以起興三百篇多此法重離不過言日謂日行南陸耳乃曰以黎爲離故訛其字以相亂又曰離午也重黎典午再造也語太穿鑿諸梁董師旅八句諸梁沈諸梁芊勝白公也山陽漢獻帝廢爲山陽公安樂劉後主廢爲安樂公也諸梁二句謂楚惠王之變賴賢臣而誅亂賊也山陽四句謂漢及蜀竟至滅亾也平王二句謂平王東遷尚存而傷東晉之沒也引古証今語雖隱而意甚明王子愛清吹四句謂王子朱

公棄國家而學仙得以永存也故總結云天容自永固彭殤非等倫言學仙如王子朱公天容自永固如彭若山陽安樂遭篡弑如殤彭與殤豈等倫哉由是言之帝王不如學仙學仙之說有生生世世不願生帝王家意皆極悲憤之詞其間不可解處或當日有所指或用隱僻事不必强爲之解會其大意可耳據愚見覺章法文氣俱可貫穿

有會而作觀其序意蓋託言無歲以致慨非眞爲長饑也故題曰有會而作

擬古第七首日暮天無雲春風扇微和 一句因時

起興雲間月葉中花即物起興借美人以立言又比體也

第八首忠君報國之念隱然發露絕非隱逸忘世者蓋少時撫劍行遊邊塞無非欲訪西山之義士易水之劍客此我所欲相知者而不可得見唯見伯牙莊周兩墳伯牙因鍾子死而絕絃莊周因惠子死而深瞑悲無知己也今夷齊荊軻之徒既難再得是無知己矣吾雖遊行何所求哉此士即指夷齊荊軻也伯牙莊周爲知己作喻吾行欲何求正應撫劍行遊起結相呼應上下一氣後詠荊軻

一首寫得異樣出色結云其人雖已歿千古有餘
情淵明志趣從可知矣
第九首種桑長江邊乃託物以興山河改耳維章
謂恭帝立是三年不能防劉終以受制太執着
雜詩第二首白日淪西河素月出東嶺因時起嘆
日月擲人去正應此擲人去正西方淪而東已出
之意所以悲悽終曉也
詠貧士第一首寫明正意第二首極寫饑寒結言
何以致此未免有慍作一開賴有前賢以慰吾懷
作一闔又以古賢起下諸人末首結句作一大結

與第二首結句對照邈哉前修賴古多此賢也誰云固窮難足以慰吾懷矣七首一氣萬族各有託八句首以萬族喻世人有託以孤雲喻已無依次以衆鳥喻世人巧捷以出林翮喻已守拙再開再闔抑揚盡致然後正寫四句究竟仍是喻言蓋正意在易代無君故無所依而甘守拙乃託詞知音不存何其渾厚已矣何所悲正深於悲也若曰知音既不存已矣無復望矣何以悲爲哉

讀山海經首章俯仰終宇宙乃上下古今爲十三

章眼目人能具此胸懷具此眼光方許讀山海經
方許讀讀山海經詩
第一首初寫良辰次寫好友以陪起異書試想處
此景界其樂何如結出一樂字是一首眼目
自第二首至第八首皆言仙事欲求出塵遂我避
世正悲憤無聊之極非眞欲學仙也
第六首神景一登天何幽不見燭見晛曰消四字
堪爲此註脚蘷震謂良辰詎可待二語顯然易代
之悲信然吾於此二語亦云蓋神景一登天猶有
冀也良辰詎可待無復望也二首正可參看

第十一首巨猾肆威暴二句言駓鼓貳負之履惡窫窳二句悲窫窳祖江之長枯故接云爲惡者天鑒不遠窫窳祖江固長枯矣而駓鼓亦化爲異物豈足恃哉正深歎巨猾之徒惡而終受誅夷其垂戒深矣

第十二首鵃鵝見則國有放士此經語也因讀此忽憶懷王時得無此鳥數見乎設想奇絶鵃鵝見則迷而放士青丘鳥見則不惑正兩相對照結言此乃本迷者耳若君子亦何待於鳥哉又翻進一層

第十三首從十二首生出重華乃千古不惑之君
子故能用才去讒姜公反是遂至饑渴無及以終
上章之意案此數首皆寓篡弑之事
桃花源嬴氏亂天紀賢者避其世與結語對照淵
明生平盡此二語矣
讀史述九章言君臣朋友之間出處用舍之道無
限低徊感慨悉以自況非漫然詠史者張長公詩
中凡再見此復極意詠歎正自寫照
醉鄉安在大都有託而逃變雅已來詎是無因
而作矧靖節之徵士實貞志之大賢波素雲青

序識維摩之慕椒芳璿美誄傳特進之褒畧見
高懷猶存玄賞自隱逸之宗立品目乃覺拘墟
迨甲子之議與箋疏益加穿鑿瑟同膠柱椎愧
斲輪蓋論世誠貴知人而說詩最嫌害志綺園
先生詞堪續楚筆可注莊濠粱秋水之篇會心
旣遠美人香草之喻託興原工偶於望古之餘
示我讀陶之旨義歸繫表故善易者不言象出
圜中信可名者非道獨得無弦之趣何須甚解
之求當與百代之曉人思按彌深而言恢彌廣
豈獨南村之知己疑析其義而文賞其奇已哉

同里瞻盧程元愈跋